MARQVIS·DE·VILLEMER

NOVVEAVX

PORTRAITS PARISIENS

PORTR
PARIS
CHINE

Portraits
Parisiens

CHÉRI

GOYA

DESSINS
PAR MORIN

PARIS

LIBRAIRIE·INTERNATIONALE

A·LACROIX·VERBOECKHOVEN&Cie ED

A·BRVXELLES·A·LEIPZIG&A·LIVOVRNE

NOUVEAUX

PORTRAITS PARISIENS

Imp. L. TOINON et C⁰, à Saint-Germain.

NOUVEAUX
PORTRAITS
PARISIENS

PAR

LE MARQUIS DE VILLEMER

ILLUSTRÉS PAR MORIN

PARIS
LIBRAIRIE INTERNATIONALE
BOULEVARD MONTMARTRE, 15
A. LACROIX, VERBOECKHOVEN ET Cᵉ
Éditeurs à Bruxelles, à Leipzig, à Livourne

—

1869

NOUVEAUX

PORTRAITS PARISIENS

Vous allez voir défiler devant vous de bien grandes dames, — comme dans *la Tour de Nesle.* — Pourrait-on vraiment, en soulevant la barbe de dentelle, reconnaître de jolis minois célèbres à la Cour et connus de toute la Ville? Se peut-il que ces noms de fantaisie soient destinés à cacher des noms propres?

« *Je dis en effet ce que je dis et nullement ce qu'on assure que j'ai voulu dire, et je réponds encore moins de ce qu'on me fait dire et que je n'ai point dit.* »

1

La réponse est de La Bruyère. Le procédé des portraitistes n'est pas nouveau; le maître lui-même n'a rien inventé, et de tout temps les faiseurs de *clés* ont essayé d'ouvrir des portes qui, j'en conviens, n'étaient pas toujours fermées à double tour.

Si je veux peindre *le financier*, je ne redescends pas jusqu'à Turcaret : je regarde autour de moi, je résume, je pense, j'observe et j'écris; je dégage de l'ensemble de tous les financiers de mon temps un résumé symbolique composé de traits généraux, je désintéresse le portrait, je le généralise, je le grandis, je l'élève, et, me gardant bien de donner à cette figure symbolique les traits physiques de l'un de ceux qui m'ont servi de modèle, je dépayse au contraire ma création, et voilà mon *bonhomme* vivant, agissant, pensant, ayant une esthétique à lui, une philosophie, une religion, une politique. J'en dégage surtout une idée morale, idée vraie, juste, inaltérable, que j'ai toujours eue en vue et qui était mon but tout entier, car je ne m'estimerais point si je faisais le portrait pour le portrait et uniquement pour que le public, voyant se profiler la silhouette, se frottât les mains en la trouvant très-ressemblante.

Que si alors on vient m'attaquer et me dire : — Halte-là! vous avez pris mon nez, je vous arrête. — Vous avez pris mon œil et mon aplomb imperturbable! — Je répondrai : J'ai vécu dans mon siècle. J'ai peint un être impersonnel; je n'ai pris ni vos mots, ni vos habitudes, ni vos gestes, ni vos faits; ce nez que vous réclamez n'est pas à vous : il est aquilin, et le vôtre est à la Roxelane. Je ne loue pas ma plume, je fais œuvre d'honnête homme; si vous vous sentez atteint, c'est que vous n'êtes point en paix avec votre conscience. La loi de mon pays ne permet pas de faire de la morale aux dépens du voisin; aussi me suis-je bien gardé de

vous peindre, vous, et je vous dis le plus loya-
lement du monde que si vous vous prenez
pour mon modèle, vous confessez une faute
dont je ne vous accuse point.

Tous les originaux de cette galerie n'ont pas
été peints pour servir la cause du *castigat
ridendo;* j'ai vu passer des grandes dames avec
des frous-frous de robes de soie : quelques-unes
étaient des types, je les ai fixées en conservant
la personne morale sous une enveloppe de fantaisie. Il ne faut pas être plus malin que l'auteur, mais au contraire lui tenir compte des
sacrifices qu'il s'est imposés. Une nuance, une
épithète de plus, une courbe plus accentuée lui
valaient un succès sûr, il s'est interdit toute
personnalité et n'accepte pas l'interprétation.
Les mots « *Portraits Parisiens* » de son titre
pourraient être remplacés par ceux-ci :—« *Types
Parisiens,* » comme exprimant mieux le but
de son œuvre.

« Je dis en effet ce que je dis et nullement ce qu'on assure que j'ai voulu dire, et je réponds encore moins de ce qu'on me fait dire et que je n'ai point dit. »

Marquis de Villemer.

La Femme qui laisse de bons souvenirs

LA FEMME

QUI LAISSE DE BONS SOUVENIRS

ENVOI

Venise, septembre 1868.

Me voici encore une fois dans ce grand palais Nani, « dont tant de soleils ont jauni la noble pierre, » et j'ai sous les yeux, par une matinée éclatante, le panorama sans pareil !

En face de moi, Saint-Georges-Majeur, l'Ile rouge, détache sur un ciel bleu semé de grands nuages gris le ferme campanile du Palladio.

Plus loin, San Servolo, le Lazaret, les Arméniens, se rassemblent en groupe ; la plage du Lido, basse comme une digue semée de jardins, nous cache l'Adriatique.

A droite, c'est la Giudecca avec le Rédempteur, église blanche et rose, qui fait une tache claire dans cet îlot brun ; plus près de moi, la Douane, avec sa boule d'or surmontée d'une statue de la Fortune qui tourne à tous les vents ; et, assise à l'entrée du grand canal, admirable préface à l'unique tableau : la *Salute*, avec ses coupoles lumineuses, plus blanches que les nuages blancs, ses énormes volutes, et son peuple de statues sur les terrasses.

Les gondoles pressées sont amarrées à la Piazzetta ; les grosses barques noires des mariniers de Chioggia, qui portent des yeux rouges à la proue, viennent aborder à la Rive-des-Esclavons ; les voiles de couleur safran s'enflent sous une brise légère et nous montrent leurs

grandes Vierges byzantines peintes à fresque.
Le môle fourmille : matelots, soldats, gondo-
liers, Grecs au bonnet rouge, marchands de
pépini, lazzaroni de cette rive, fument adossés
aux petites madones du quai, ou bien dorment
étendus sur la dalle chauffée à blanc par les
rayons.

Les eaux de la lagune sont d'un gris-perle
pailleté d'étoiles, l'air et l'eau frissonnent et
scintillent comme des vapeurs lumineuses ; les
estacades noires, et les gondoles sombres qui
glissent sur le miroir mobile, se détachent nettes
et fermes. Tout cela est précis et sûr, et pourtant tout s'enveloppe, tout baigne dans l'éther :
les îles, les monuments et les statues ont des
nimbes.

L'œil est ébloui, charmé ; le cœur saute.
Éclat, transparence, limpidité, délicatesse et
force, c'est le triomphe de la lumière et la victoire du soleil.

1.

Sur ce fond sans rival j'allais faire passer
quelque altière beauté, dogaresse ou courtisane
aux cheveux d'or, à la nuque blonde, aux nat-
tes enroulées ruisselant sur la gorge nue, drapée
dans des étoffes souples et amples, parée de colliers et de joyaux : elle aurait traversé le môle,
imposante et fière, comme les *Venises* allégo-
riques dans les Triomphes de Véronèse. Mais,
par un hasard étrange, en pleine *Riva dei
Schiavoni*, c'est vous que j'ai vue passer, Madame, vous, émue et frémissante, appuyée au
bras d'un inconnu. Vous, la dernière Parisienne de Balzac et de Gavarni, la fille d'Ève
à la taille ronde, digne du xviiie siècle et égarée
par un anachronisme dans le siècle de la fonte
et des emprunts !

Un livre va naître de cette surprise et de ce
contraste !

Il ne s'agit plus de trocard d'or, de tresses
blondes, de gorge opulente, de mules brodées de

perles et d'hermine, de Bucentaure triomphal
et de provéditeurs courbés à vos pieds ; vous
chaussez la bottine haute sous la jupe courte,
vous gantez cinq trois quart, votre coupé est
bleu de ciel, vous avez loge à l'Opéra et pignon
sur l'avenue Friedland. Votre cavalier du moment est capitaine aux guides de Sa Majesté, et
au lieu de vous retirer, pendant les jours de
siroco, dans un palais décoré par Tiépolo, au
bord de la Brenta, vous allez en villégiature
sur la terrasse de Saint-Germain, et votre dernière fredaine célèbre est un pique-nique à l'er-
mitage de Villebon.

Le tableau sans pareil s'est donc évanoui ; je
ferme les yeux, et je vais vous peindre, frôlant
les murs à la nuit close, solitaire, active, frap-
pant d'un talon mutin l'asphalte du boulevard,
ne décourageant jamais les cavaliers hardis qui,
séduits par votre démarche vive et preste, font
sonner leurs pas derrière vous sur les dalles.

Ils vous suivent sans y songer, Madame, comme nous suivons malgré nous l'espérance quand nous la voyons passer. Et combien de fois — avec cette seconde vue des femmes parisiennes, qui ont de si bons yeux à leur jolie nuque, — vous êtes-vous brusquement retournée, levant votre double voile, et disant : « *Je vous y prends*, » à quelque habitué de votre salon surpris en flagrant délit d'espérance !

PORTRAIT

Avouez, tout d'abord, que vous ne croyez pas aux Antony !

La passion, mot profond, vous inspire une secrète terreur, et si vous rencontriez au coin d'une cheminée le romantique échevelé, au front pâle, à l'œil fatal, ravagé par les désirs inassouvis et les mélancolies douloureuses, vous n'envieriez pas le sort d'Adèle, quoique vous

soyez assurée de ne point finir comme elle —
puisque vous ne savez pas résister.

Vous voulez qu'on vous aime comme vous
aimez, pour le plaisir qu'on vous donne en
échange de celui que vous versez. La nature
vous a faite indépendante, le sort vous a faite
riche et libre. Vous trouvez que la vie est bonne
et que le ciel est clément ; vous n'avez jamais le
front morose : vous glissez, vous n'appuyez pas.
En fait de chaînes, vous n'aimez que celles qui
sont douces, et vous les forgez vous-même ;
chaînes de fleurs que vous traînez sans fatigue
et que vous brisez sans peine.

Vous ne connaissez pas la fièvre qui creuse
les joues, l'insomnie qui sculpte les rides.
Comme votre cœur ne va que jusqu'à la tendresse, vos lèvres ne vont que jusqu'au sourire.
Il y a dans votre vie des échos de baisers,
des bruissements de feuillages argentés par la
lune, des accents de sérénade, des cliquetis d'é-

ventails, des frous-frous de robes de soie. Votre aïeule est dans *la Folle Journée*, Madame : — Marivaux et Beaumarchais l'ont guettée ; Guardi l'a peinte d'un pinceau preste, et Longhi le Vénitien, dans son carnaval éternel, a mis des bouffettes à son domino rose et noué son masque noir.

On vous voit tour à tour diplomate, capitaine, artiste ; hier vous étiez législateur au nom du plaisir et de l'amour ; et vous voilà tout à coup attentive aux choses qui vous étaient naguère indifférentes. Nous qui vous suivons de la rive, nous comprenons que la grâce vous a subitement touchée, et que vous voulez suivre jusque dans ce qui l'attire celui dont vous porteriez volontiers les couleurs, si le monde moderne n'avait proscrit ces audaces-là.

Sincère dans ces attractions d'un jour, si vous n'êtes pas l'amour, comme vous en êtes bien la douce illusion ! Le masque est si charmant qu'on a peur du visage; c'est le même langage et la même ivresse ; rien ne manque à vos sentiments que la constance, rien ne manque à vos chaînes que la force. On vous croirait liée pour la vie, et cependant là-bas où vous aimiez hier, on vous aime encore aujourd'hui et le cœur va saigner ; mais vous savez vous dérober avec grâce, sans effort et sans éclat; vous endormez l'amour qui, à son réveil, va se changer en amitié.

Vous l'avez dit vous-même avec un sourire : « *Je suis la femme qui laisse de bons souvenirs.* »

Vous ne connaissez ni les rangs ni la distance, vous ne redoutez pas les siéges et méprisez les conquérants. On ne vous prend point, vous êtes prise, vous subissez le charme et vous allez où va le désir. A la première vue de celui que vous allez aimer, votre cœur, d'abord, est tout au plus distrait, puis l'image se représente à vos yeux; bientôt elle les obsède; vous battez de l'aile, fascinée par un regard qui ne connaît pas sa force, et vous courez légère et sans remords « *laisser de bons souvenirs.* » — Vous ne trahissez pas vos serments, puisque vous n'en faites jamais — libre déjà, dans un regard vif et prompt, sans un mot, sans un geste, vous dites enfin à qui ne se savait pas votre vainqueur, que vous allez vous rendre.   Et vous vous rendez sans arrière-pensée et sans remords.

Vous avez trouvé le secret de réunir autour de vous dans le plus parfait accord tous ceux qui vous ont aimée. Les temps sont durs pour les épicuriens, Madame; aussi, préparez-vous à votre vieillesse des amis indulgents dont chacun vous pardonnera une longue vie d'inconstance au nom d'un charmant souvenir.

Dans notre monde futile, rien de ce qui touche les femmes vulgaires ne prend une heure

de votre vie. Médisances, petites haines, curio-
sités, indiscrétions, mesquines intrigues, rien de
tout cela ne vous effleure; vous avez besoin
d'indulgence, et vous voulez la mériter par la
bonté. Non, je ne dirai pas qui vous êtes et
ne vous trahirai point; vous garderez le masque noir à barbe de dentelle que vous portez
dans cet éternel carnaval de la vie. Je dérouterai
les curieux, et j'effacerai sur la muraille jusqu'à
l'ombre que vous faites quand vous courez le
guilledou. Glissez en bonne fortune, glissez
sur la lagune cachée sous la felce noire, je vous
garderai le secret! Je suis prêt à dire, pour
mieux dérouter les jaloux, que vos yeux noirs
où flottent trois paillettes d'or sont bleus, que
vous avez quarante-quatre ans, le pied plat, le
teint couperosé, et que vous n'êtes pas dans
d'Hozier.

Oh! Providence des célibataires, espoir toujours réalisable, beauté clémente et douce, Vé-

nus des jeux de l'amour et du hasard, Boufflers de l'avenue Friedland! votre cœur est une fleur qui renaît à chaque aurore ; vous l'effeuillez au matin, et chacun de nous peut espérer que vous serez pour lui « *la femme qui laisse de bons souvenirs !* »

« Quand vous parûtes à la cour,
On crut voir la mère d'amour.
Chacun s'empressait à vous plaire,
Et chacun vous eut à son tour. »

Salammbô.

SALAMMBO

Étrange, rare, précieuse, invisible et muette,
Salammbô se plaît à échapper aux regards,
comme la vierge carthaginoise vouée aux pratiques sacrées, sacrifiant nuit et jour à la déesse
voluptueuse et féconde.

Qu'elle vive, au gré de sa fantaisie, à Rome,
à Vienne, à Paris ou à Florence ; son existence
mystérieuse qui s'écoule dans le Gynécée,
échappe aux regard profanes, mêlée de rémi-
niscences du pays du soleil, et remplie tout entière par les pratiques minutieuses de son rite.

Elle méprise la nature, les fraîches brises, les dômes de verdure ; elle abhorre la lumière du jour qui offense ses yeux, et reste couchée sur ses carreaux de Tunisie, baignée dans une molle langueur et énervée par les parfums des cassolettes.

On pourrait croire qu'elle passe les longues heures livrée à de sacriléges incantations, mêlant le galbanum au venin des vipères qui glace le cœur, ou que, gardienne fidèle de quelque serpent sacré qui dort engourdi sur des feuilles de lotus, elle tord ses beaux bras, en appelant ce je ne sais quoi d'inconnu qui agite le cœur des vierges.

Non, Salammbô est la prêtresse et la statue, elle est à la fois le culte et l'autel. — L'idole, c'est sa beauté ; le silence qui règne dans le temple est un hommage égoïste ; elle le rend à elle-même. Tous ses murs la reflètent ; de quelque côté qu'elle tourne la tête, elle n'échappe jamais à l'admiration qu'elle s'inspire ; elle épèle constamment les litanies de sa beauté et lit, dans une contemplation silencieuse, le poëme de son corps. Depuis qu'elle ouvre les yeux jusqu'à l'heure où Sminthée-Apollon, le dieu dont l'arc est d'argent, clôt sa paupière, elle encense l'idole, épuisant pour la parer tout ce que l'excessive et rare imagination de ce culte babylonien lui inspire.

Narcisse est vaincu, et je ne saurais dire, en comptant un à un ses charmes, où la piété de ce culte égoïste égare les bouffettes roses, ornements qui lui sont familiers.

Mais tout à coup elle sort de sa torpeur et demande son char. Sur l'autel où il repose elle saisit le Zaïmph sacré. Elle abandonne sa retraite et se manifeste dans un éclair.

Chacune de ses apparitions doit frapper les mortels comme une fulgurante vision, elle les remplit d'une muette admiration mêlée de terreur.

C'est tout un apparat, toute une mise en scène aux effets savamment combinés : la marche est ordonnée, le pas est réfléchi, cadencé comme le rhythme des fêtes d'Isis. L'édifice des ornements est laborieusement étudié, c'est une œuvre où rien n'est laissé au hasard.

Parmi ceux qui osent s'en croire dignes, quel est donc celui qui va lui servir de guide ? Il sera pénétré sans doute de la hauteur de sa mission, mais sera-t-il assez fier pour ne pas succomber sous le poids de cette subite et prestigieuse faveur ?

Si la statue aux formes harmonieuses, au lieu d'être taillée dans le marbre, était une femme sur notre pauvre terre, elle eût choisi pour son chevalier M. de Bismarck, au lendemain de Sadowa; personne n'est trop grand pour un rôle aussi noble.

Un jour, un inviolable envoyé du Latium, poëte à ses heures, mal préparé à l'honneur insigne de marcher avec elle sur le nuage et d'être illuminé par cette auréole, se déroba troublé et déserta l'Olympe.

Au lendemain d'une apparition, elle rentre dans l'ombre ; l'air n'a pas encore cessé de vibrer, on la cherche encore ; elle s'est évanouie comme une vision en laissant derrière elle une traînée lumineuse. On la demande aux échos du bois, au Corso, au Prater, aux Cascines : les échos sont muets.

Une heure a suffi cependant ; ses yeux ouverts, fixes, graves, profonds comme ceux des fresques antiques, ces gestes mesurés, ces lents regards, cette démarche imposante, fière, cette beauté sans seconde, ce quelque chose enfin de mystérieux, de précieux, d'artificiel et de rare, a frappé la foule étonnée, éveillé des désirs augustes, et fait naître du même coup des jalousies... péninsulaires.

Au détour d'une allée des Champs-Élysées, par une belle nuit, comme l'imprudente avait quitté le Zaïmph qui la rendait invisible, elle se heurta à un Argus qui n'avait rien de mythologique. On dit que ce soir-là dans l'Olympe, l'écho des plaintes de Junon domina un instant le fracas de la foudre.

Il fut un temps où le marbre s'animait, le sang circulait dans les veines de la statue, elle allait droit à son but, l'amour. Mais, sous le sein robuste et dur, le cœur semble s'être à jamais fermé : elle a concentré sur elle-même toutes ses ardeurs et s'est vouée à son propre culte avec une ferveur qui ne se dément plus.

A l'heure de l'ambroisie, solitaire toujours, elle s'assied devant un miroir, étudiant son geste et n'oubliant jamais qu'elle est une rare déesse. Infatigable à se parer, un jour elle voue au bleu sa précieuse personne, le lendemain elle sacrifie à l'espérance. Alors tout ce qui est d'elle, la tunique, le long voile, le cothurne et le coussin, revêtent la livrée du printemps : une autre fois, elle se voue au rose et tout a fleuri : le coussin devient rose, le coursier change ses myosotis contre la fleur du Bengale, et l'automédon qui donnait des espérances s'est ouvert comme une fleur. On voit même le siége qu'elle occupe au temple et le livre sacré devenir couleur de rose comme par enchantement.

Elle a des luxes étranges : elle voudrait flotter dans l'espace, et, craignant de se souiller en effleurant le sol, elle fait étendre un riche tapis, de son seuil à son char.

Quand elle passe du nord au sud, on lui vient rendre hommage dans toutes les langues sur la route qu'elle parcourt. C'est une souveraine, elle a une cour, elle règne par la beauté. Elle est pétrie dans le marbre, modelée comme une

Vénus de Praxitèle, inaltérable comme les divinités qui blessent les cœurs des humains rien qu'en se montrant à eux dans leur splendeur marmoréenne. Elle rayonne et répand la chaleur autour d'elle, mais elle n'en reçoit point.

Son mystérieux peplum, l'enveloppant dans une brume mystique, la rend presque invisible, et un Plutus, passionné pour les antiques, désintéressé des profanes désirs, a pu sans danger contempler le marbre dans sa divine nudité :

> Glissant de l'épaule à la hanche,
> Le *Zaïmph* aux plis nonchalants,
> Comme une tourterelle blanche,
> Vint s'abattre sur ses pieds blancs.

Ce fut comme un éblouissement, malgré l'éclat du voile.

Mais ce temps mythologique est bien passé. La prêtresse a repris sa vie orientale et solitaire :

cachée dans le demi-jour de son Gynécée, changeant quatre fois le nœud de ses tresses, com-
posant ses philtres, songeuse, elle étudie des
nuances, combine des effets, et prépare sans
doute quelque soudaine apparition destinée à
éblouir encore une fois les mortels.

L'AGITÉE

———

L'Agitée est une femme du monde, et du meilleur. Elle est élégante, vive, intelligente, c'est une jolie personne; elle est faite pour plaire et elle plaît à première vue.

C'est certainement la femme la mieux renseignée de Paris; elle sait tout , elle connaît tout et s'inquiète de toute chose. C'est la chronique incarnée, un courriériste en jupon qu'on ne prend jamais sans vert. La cour, la ville, les coulisses, l'Académie, les ateliers, le monde diplomatique et le monde galant, rien ne lui

2.

échappe. Elle a dit, dès le premier jour, que malgré ses dénégations la Patti serait marquise ; elle l'est en effet : on n'est pas plus ferrée sur les alliances, elle a toujours vu la corbeille, elle compte les espérances, et si on se sépare, elle dit, tout bas à l'oreille, les griefs certains des époux.

L'Agitée ne lit jamais, encore qu'elle possède une bibliothèque à ses armes, mais elle dévore les gazettes, apprend par cœur les échos de coulisse et les nouvelles de high-life : l'homme le plus précieux pour elle est le plus futile, celui qui voit le plus de monde et s'intéresse le plus aux bruits de salon : elle l'écoute avec ardeur ; si elle osait, elle prendrait des notes. Elle ne pose point, jette les yeux à droite, à gauche, inspecte, surveille ; elle veut savoir quelles sont les gens qui causent ensemble, pénétrer ce qu'ils disent et l'inventer au besoin.

Elle se charge de propager la nouvelle des

enlèvements, elle vous dira le nom du trovator
éperdu qui a conduit Mme de C*** au chemin
du Nord, et dévoile, sous les trois étoiles de
rigueur, les hommes du monde qu'on a dit être
allés hier sur le pré; elle annonce la première
que le vicomte a perdu cinquante mille francs à
la grosse partie et qu'on va l'afficher ce matin.

Une femme de son cercle devrait ignorer jusqu'au nom des *partageuses;* l'Agitée, au contraire, sait tout de ce monde. Ne lui demandez
pas où Sadowa se trouve sur la carte d'Europe,
elle pourrait être inquiète; mais, si vous le voulez, ou même si vous ne le voulez point, elle
racontera que Bébé Patapouff couche dans des
draps de batiste, que sa toilette est tendue en
malines et que l'indispensable est en argent
massif. Elle suit avec intérêt les hauts et les bas
de ce singulier monde, et le connaît beaucoup
mieux que les jeunes hommes qui fréquentent
son salon; elle a le même carrossier que ces

dames, se renseigne sur leur écurie, sait comment la maison est montée, et demande à la couturière en vogue les secrets de la toilette de ces précieuses personnes.

Sans vergogne, elle dit le fort et le faible des beautés faciles, avec quels liens elles attachent et elles retiennent, et, quand au bord du lac, couchée dans son huit-ressorts, la grande dame croise une de ces filles plâtrées, toutes deux sont si bien au courant de leurs faits et gestes mutuels, qu'il semble qu'elles se connaissent et devraient se saluer.

Un jour, dans l'étroit couloir d'un cabaret à la mode, la jupe de l'Agitée a frôlé la jupe de celle qu'elle regarde comme une rivale, et elle a pu la regarder à souhait. Elle en a parlé huit jours. Du reste, ces dames sont un peu parentes — par les hommes. — La curiosité de l'Agitée et l'indiscrétion d'un membre des babys sont le trait d'union qui unit la grande dame et la petite.

Comme Parisienne raffinée, elle est de la salle de Mme Barbe-Bleue, fille boulotte, et quand celle-ci entre en scène, elle la dévore de la lorgnette, s'aperçoit bien vite qu'elle porte une nouvelle bague, dit le prix des perles qui pendent à son oreille et le nom de l'admirateur qui les a offertes. D'un coup d'œil elle a vu toute la salle, sondé les baignoires et inspecté les avant-scènes, et elle dénonce à sa voisine un homme de son salon qui se dérobe, dans la pénombre d'une loge, derrière une femme légère.

Hors la chronique elle ne connaît rien, et cependant elle pourrait tout savoir par ses amis et ses proches, tout, jusqu'aux destinées de l'Europe; mais elle ne s'intéresse à rien, ne s'occupe de rien; elle bâille à Molière comme à Beethoven, et paraît tout à fait interdite quand on parle un instant politique ou qu'on exprime une pensée sérieuse.

C'est une personne douce, bonne, quoique

sans initiative dans la bonté; elle est même droite et pure, incapable d'une méchante action; mais vous ne l'intéresserez jamais qu'en lui rapportant des bruits de coulisses; elle est née gazetière, et son éducation singulière n'a pas pu modifier ces penchants.

C'est l'ange de la futilité.

LIGDAMIRE

Ligdamire a trente-huit ans depuis assez
longtemps, elle est très-blonde et déjà imposante ; elle a été veuve à la fleur des ans. Il est
possible qu'elle fasse en secret le bonheur de
quelque discret amant, mais ce n'est pas là sa
spécialité. — Elle nourrit les membres de l'In-
stitut et soigne les hommes en évidence.

Un bon partenaire doit, avant le potage,
avoir trouvé la formule de M. Claude-Bernard,
ou fait un mot sur M. d'Haussonville, moyen-
nant quoi il est sûr d'avoir son couvert mis

sous ces riches lambris, on lui traînera un fauteuil, il aura son rond de serviette, et on lui permettra de dormir une demi-heure après dîner, dans la bibliothèque. — C'est gentil tout cela, mais dame il faut travailler!

Ceux qui se concentrent et se boutonnent restent ses amis, mais ne sont plus ses convives; il faut fournir, juger et dégager le dogme.

Ligdamire est de l'opposition par tradition de famille et par tempérament. Elle en est encore aux allusions discrètes tirées de Tacite. M. Beulé n'est déjà plus assez voilé pour elle. M. Guizot et M. de Broglie sont ses oraracles, elle goûte beaucoup M. de Noailles, et regrette toujours « ce pauvre Tocqueville. » M. Sainte-Beuve lui manque sérieusement, mais elle a eu M. Thiers autrefois, et elle ne manquerait pour rien au monde un discours de l'ex-président du Conseil.

Une réception sous la coupole est un jour marqué d'une croix blanche, c'est pour elle ce qu'est le pesage pour une grande coquette le jour du prix de cent mille francs. M. Pinghard a marqué sa place et lui sourit à l'entrée; les Immortels lui font de petits saluts intimes avec le couteau à papier, et se parlent tout bas à l'oreille en la regardant s'asseoir. Le récipiendaire, en se levant, s'essuie la bouche et lui jette un regard, elle tend le cou, et, très-émue sous l'éventail, laisse échapper de petits « bravos » secs et rapides, mais si convaincus ! Elle ne se possède pas de joie quand l'auditoire frémit légèrement et *rend* sous l'allusion perfide. On la vient saluer à la sortie, on l'entoure et elle reçoit avec modestie les compliments qui s'adressent au nouvel élu.

Elle a un idéal, l'Abbaye-au-Bois; une Madone, madame Récamier ; elle croit à la *Revue des Deux Mondes* et la lit en wagon ; elle se croit un peu des *Débats*, c'est la plus littéraire des Parisiennes et la plus raffinée des dilettantes. — Schumann lui doit beaucoup, et on n'imagine pas le mépris qu'elle a pour l'opéra comique. Au demeurant, la meilleure des femmes, et si vous connaissez Ligdamire je suis sûr que vous l'aimez.

Ligdamire est décidée à ne point s'ennuyer ici-bas, et elle se tient parole; elle s'est consacrée à son propre bonheur avec un entier dévouement, et appelle à elle tous ceux qu'elle croit dignes de jouir de son opulence. Elle est hospitalière, généreuse, montre sans cesse une face épanouie et, si le sort, qu'on ne désarme point, l'accable de ses coups, elle cache soigneusement ses blessures à ses convives, car elle a du monde, et sait qu'on ne prend point le monde avec un front morose.

Son teint clair, son air de prospérité, un certain rayonnement qui s'échappe d'elle rassurent et inspirent la confiance ; elle sourit à tous, montre à tout venant ses dents blanches, ses yeux brillants, et ne néglige jamais une occasion d'étaler des épaules engageantes qui appellent les regards et les retiennent. — Non-seulement elle a de la santé, mais il semble qu'elle en donne aux autres.

Elle a de l'esprit et possède une verve intarissable, elle épuise en une heure tous les sujets, passe en revue tout ce qui s'imprime, tout ce qui se déclame, tout ce qui se chante et tout ce qui se raconte. Le roman, le tableau, le drame, l'opéra et le discours d'hier relèvent de son jugement, — il ne se fera pas attendre.

Elle vous interroge et répond d'avance aux questions qu'elle vous pose ; force les plus gourmés à se répandre, étonne les plus concentrés, les intimide, les ébranle et les dompte. Elle a tout sondé *Ligdamire,* elle tire au clair les grands hommes et les œuvres du jour.

Elle a su comprendre que l'heure du dîner est l'heure de l'expansion, et son cuisinier est un maître. En femme d'esprit, elle a un luxe sérieux, solide et profond, et ne sacrifie pas à l'ostentation.

C'est à sa table, où dix convives à peine, gens de haut mérite et femmes aimables sont sûrs de se retrouver, qu'il faut la voir, sous son jour le plus favorable. Ardente, l'œil allumé, légèrement sensuelle, — une béate qui aurait du tempérament — heureuse de vivre et de faire vivre les autres ; elle est d'un entrain sans rival. Sous le lustre, au milieu des fleurs, des épaules nues, au scintillement des coupes, au parfum des truffes et des vins généreux ; elle est vraiment dans son milieu propice. C'est un caveau plus académique où on croit à M. de Rémusat, et où on a de l'esprit en cravate blanche.

Elle a le pétillement du champagne et la chaleur du bourgogne, et, mêlant la littérature à

la gastronomie, analyse un coulis savant tout
en décochant un trait à M. Renan.

Ne reprenez point haleine et ne tournez pas
la tête, vous trouveriez un nouveau morceau
dans votre assiette et une nouvelle objection à
votre opinion ! Elle surveille chacun, mais elle
veille au bonheur de tous ; c'est la providence
des convives, elle sait qu'elle s'est chargée de
leur bonheur. Les valets de pied sont sur les
dents et voudraient s'asseoir, les académiciens
sont à bout de logique et voudraient ne plus
être brillants.

« — Je croyais que vous adoriez le faisan,
docteur ? Et que dites-vous du dixième volume
des *Lundis ?* M. de Noailles ne sera pas content. — Étiez-vous à la *Société des Concerts?*
Prodigieuse la symphonie en *ut!* — Vite, du
léoville à M. Caro, et du champagne à M. Ro-
bin ! »

Tout y passe, la peinture moderne, le positivisme, le *premier Empire et l'Église romaine*, la crise et M. Bourbeau, M. Rouher, le sénatus-consulte et la représentation de *Sophocle* au petit séminaire de Mgr Dupanloup. Ligdamire a veillé à tout, elle a démonté ses adversaires, et cela, sans jamais perdre un coup de dent. — M. Cuvillier-Fleury commence à être très-inquiet et se demande où il a mis son claque; mais Ligdamire est complète : dès qu'un convive est de l'Académie, elle *égare* son chapeau derrière les meubles. On prend aussi le café à table, c'est plus intime — et on va pouvoir enfin causer un peu !

Ligdamire compte parmi les dernières Parisiennes, c'est une vraie Française, de celles de la bonne race, ses loisirs sont les nôtres ; chez elle la toge a le pas sur les armes (elle dit même cela en latin); elle emprunte encore à Musset sa raquette, qu'elle manie avec une certaine grâce.

C'est un type que nous regretterons. Son salon n'est pas ouvert à quiconque, elle est une
des rares personnes qui croient à l'esprit et au
talent, et qui ne s'est pas laissée envahir par
les chiffons et les cancans vulgaires. — Elle
mérite donc trois fois qu'on l'aime, — pour elle-
même, — pour son cuisinier, — et pour l'a-
mour du grec.

La Femme qui vient

LA FEMME QUI VIENT

La femme qui vient a vingt ans ou trente. —
A vingt ans elle promet, à trente elle a tenu.
Sous des dehors qui peuvent être charmants,
c'est une personne sèche et froide, sans entraînement, sans élan, sans spontanéité. Elle juge
les gens sur l'étiquette, ne sait point pénétrer
les cœurs, se prend à la surface et connaît toutes
les vanités.

Elle est futile à l'excès, elle s'habille, se dés-
habille et se rhabille, le soin de sa personne
l'absorbe tout entière, elle n'a nul souci de ce

qui émeut et de ce qui transporte. Les délas-
sements de l'esprit, les jouissances intellec-
tuelles sont pour elle lettre close; une nouvelle forme de robe, un bijou inédit, une coiffure
de Leroy, une jupe de Worth et un chapeau
de Lebel, sont choses qui la touchent à l'excès.
Le cancan banal, la médisance, les anecdotes
des ruelles, le mariage du voisin et la toilette
de celle qui passe, sont ses grandes émotions;
l'homme qui pense, l'artiste qui produit, le savant qui cherche, la femme de cœur enchaînée
à son foyer, ne savent quel langage tenir en
face d'elle, c'est un monde qui leur échappe.

« *La femme qui vient* » a fait de ce qui était
l'accessoire de « *la femme qui s'en va* » la chose
principale de sa vie; elle n'a ni amis, ni famille,
sa parure et le soin de sa personne passent avant
toute chose; elle supporterait une tache à sa
conscience avec plus de calme qu'un faux pli à
son corsage.

Au physique, elle est petite, un peu mes-
quine, et cependant gracieuse, c'est une jolie
poupée qui est faite à ravir, elle a la démarche
mutine, le regard légèrement impudent, le geste
osé et la parole brève ; elle parle le langage du
jour, ne craint point le mot risqué et l'anecdote
un peu vive.

Elle achète son goût chez la meilleure faiseuse, et en aucune chose n'a ce cachet per-
sonnel qui distingue la femme de valeur, elle
ne chiffonne point, ne sait pas avec un ruban
se faire un de ces jolis accessoires qui relèvent
une toilette. Les fleurs sont là sous la main,
elle ne sait pas les cueillir et en orner ses cheveux. Elle accepte tout ce que décrète le cou-
turier prophète, se laisse affubler de tout un
attirail de jupes et de paniers; Leroy pourra
élever impunément sur sa tête ses plus capri-
cieux échafaudages, c'est la mode, et elle lui
obéit aveuglément.

Comme elle est incapable de passion, elle est sans pitié pour celles qui la ressentent, et jette vite la pierre aux femmes qui se laissent entraîner ; les hommages lui agréent, elle les cherche et les provoque, professe une coquetterie sans danger pour elle, et qui peut pourtant blesser un homme de cœur.

Il est possible qu'elle soit vertueuse, immaculée, irréprochable, mais j'aime mieux la faute d'une vraie femme que la sèche vertu de cette froide personne qui n'a jamais connu la lutte, et n'a point à redouter l'entraînement. C'est une de ces fleurs sans parfum, qu'on admire, mais qui n'attirent point. On ne va jamais à elle au nom de cette sainte attraction qui s'appelle la sympathie, on ne la prend point pour confidente, on ne lui dit jamais ni ses joies ni ses douleurs.

— La vie lui a été douce et le malheur n'a jamais posé sur sa tête sa lourde main, la nature ne l'a point sanctifiée par la maternité. En la sacrant mère , l'immortelle nature eût gâté cette taille flexible, en la couronnant femme, le malheur eût creusé ces yeux et flétri ces roses et ces lys. C'est la plante de serre, orgueilleuse et vaine d'elle-même qui n'a jamais ployé sous la rafale et vu, sous le froid de la nuit, sa tige brisée par l'ouragan : mais elle croît à l'ombre et ne connaîtra point la douce chaleur de ce premier rayon qui ranime et les brises bienfaisantes qui ont passé sur les forêts immenses et les prairies aux divines senteurs.

« *La femme qui vient* » a une cour mais elle n'a pas un ami; on la flatte, on l'admire, on la convoite, on ne l'aime point; elle ne s'intéresse pas et ne saurait intéresser elle-même. Elle est banale et la banalité lui sied, elle n'a rien d'intime et méconnaît les joies profondes et sûres de l'intimité. Son salon est une place publique, on défile devant elle, on serre cette jolie main qui a pour tous des pressions banales et ne communique jamais l'étincelle qui doit enflammer les cœurs. — On la rencontre, on ne la connaît point.

Elle ne sent point, elle raisonne, elle calcule, elle compare; elle est diplomatique et prudente. A l'âge des chastes penchants et des nobles instincts, de la fierté et de l'innocence, elle rêvait la fortune plus qu'elle ne rêvait le bonheur; la femme a tenu ce que promettait la jeune fille.

Le malheur l'éloigne et la rend circonspecte; elle ne veut sous les yeux que sujets aimables et que faciles existences. Au lieu d'être armée pour le combat de la vie, elle déserte et n'accepte pas la lutte; loin d'être l'auxiliaire de son mari, elle devient pour lui un embarras et un danger. Il semble que la nature ne lui ait point imposé de devoirs et que, comme ces oiseaux de serre qu'on regarde à travers le grillage doré, elle n'ait qu'à lisser son brillant plumage et caqueter du matin au soir.

Auprès d'elle les jeunes hommes ne sentent pas battre leur cœur et elle ne sait pas les retenir sans se donner, par la seule expansion, la seule vertu magnétique, la seule attraction inexplicable qui intéresse plus encore le cœur que les sens. Certaines femmes de la génération qui disparaît réunissaient autour d'elle sans jalousie, comme sans danger, tout un cercle de jeunes hommes qui ne savaient point où s'arrêtait l'amie et où commençait l'amante. C'est peut-être ce lien charmant qui est l'essence même de la société française. Cet épicuréisme délicat aiguillonne la femme sans la flétrir, ces désirs vagues, flottants, inassouvis, ce sentiment mal défini, mais profondément éprouvé, qui n'a pas besoin de l'excitation malsaine de la coquetterie pour subsister, tiennent l'esprit, le cœur et les désirs en haleine, font jaillir l'étincelle de celui qui la recèle, déterminent les chocs des intelligences, et transforment un salon français en champ clos où les mérites se font jour pour le charme de tous, et où on se combat à armes courtoises, autour du guéridon de la dame dont on a pris les couleurs.

Il y avait dans la femme qui s'en va une grâce noble, quelque chose de calme et de reposé qui faisait naître le respect et éveillait l'idée de servage dans le cœur des hommes, on rêvait d'être soumis en secret à quelqu'une de ces nobles personnes qui traversaient un salon, harmonieuses et fières, douces et bonnes, profondes et concentrées, et qui parfois, dans un mot, dans un jugement, dans une opinion, laissaient entrevoir .leur âme ardente, comme si un subit éclair l'eût illuminée dans la demi-teinte où elles s'efforçaient de la cacher.

Au début de la vie tout jeune homme rêvait son Égérie et la choisissait parmi celles qu'il soupçonnait grandes et fortes en les voyant belles et recueillies. La forme harmonieuse de ces amantes idéales prêtait à l'illusion des jeunes cœurs ; il y avait une pointe de *religiosité* dans ces vœux volontaires : on leur donnait son cœur, sans jamais le leur dire, et elles l'acceptaient, car elles avaient compris au tremblement de la voix et à l'éclair du regard.

Tout bas, loin du monde, on sacrifiait dans sa pensée à ce culte secret, on se dévouait à cet amour inavoué, on lui offrait ses labeurs et ses efforts, on lui confiait ses déceptions et on lui disait ses victoires.

Que de sonnets adressés à *Elle,* que d'élégies oubliées, effluves de la jeunesse, douces larmes cristallisées en poésie qu'on a toujours lue quelque part. Douleurs naïves vite dissipées, contrefaçons involontaires des René , des Oberman et des Manfred : qui pourrait vous railler et vous maudire, sans railler sa propre

jeunesse et sans fouler au pied ses plus char
mantes illusions des vingt ans!

La femme qui s'en va était la source d'où dé-
coulait toute grande pensée, tout effort suprême et toute aspiration noble, le but secret
de toute une existence, l'espérance vague qui
soutenait dans la bataille de la vie. C'était pour
elle qu'on voulait être grand, qu'on voulait
s'élever au-dessus du vulgaire; quand on
cueillait un laurier on en couronnait secrètement ce beau front, et celle qui avait été l'ins-
piratrice et le guide acceptait ce muet témoi-
gnage.

La femme qui vient est positive, elle sait
compter, ne comprend rien à ces troubles charmants des jeunes cœurs, s'arme de pruderie en
face de ces innocentes et platoniques ardeurs;
on la désire aussi, mais c'est pour la dominer,
pour la mener en laisse et en parer sa vanité,
non pour se livrer tout entier, sans retour et

pour se dévouer à elle corps et âme. Celle-ci est la maîtresse, elle n'est plus l'amante ; elle est la femme, elle n'est plus la compagne et l'amie.

Elle n'a pas la conscience de ce que *les femmes qui s'en vont* appellent le bonheur : ce retour prévu d'une jouissance égale et douce, l'amour fait comme l'amitié, avec sa confiance et sa certitude, ou bien la passion qui fait vivre et qui double les forces, avec ses tourments inséparables et sans cesse renaissants, ses craintes, ses espoirs, ses exaltations et ses délires, sa constante ivresse par qui tout s'oublie, qui fait que tous les jours s'écoulent dans une sorte d'hallucination ; que la source sacrée de l'amour tarie : la vie paraît sans prix, l'immense et féconde nature semble vide, les fleurs se décolorent et les fruits perdent leur saveur.

Cette *femme qui vient,* futile et vide, qui ne s'intéresse point et qui ne s'émeut pas, c'est la fleur sans parfum qui croit à l'ombre de nos salons parisiens envahis, devenus des places publiques où l'on passe, ou ceux qu'on aime, ou ceux qui vous attirent, perdus dans la foule des indifférents, ne se fixent plus dans l'épanchement des choses de l'esprit devenues lettre close, des douces émotions du cœur, cachées désormais sous une impassibilité toute moderne reconnue de haut ton.

La Femme qui s'en va.

LA FEMME QUI S'EN VA

C'est positif, elle s'en va, elle est partie. Quel dommage ! J'ai bien peur, je crois que l'âge de fer est venu ; — à moins que ce soit notre jeunesse qui s'envole...

Vous avez dû connaître cette jolie race-là, fermez les yeux, évoquez les amoureuses, et rappelez-vous !... Elle va passer dans votre souvenir, souple, rapide, vive et légère. La voyez-vous, elle s'avance avec des jolis frous-frous, c'est la soie qui frôle les murs, l'air s'emplit de parfums faibles et doux, tout s'illumine et tout rayonne. — Recueillez-vous, amis, c'est votre jeunesse qui passe !

Quand on lui parlait, tout à coup, sans rien dire, elle frémissait et fermait les yeux. Il semblait qu'elle quittât la terre. Elle avait des côtés un peu fantasques, des joies étranges et des tristesses profondes. Au milieu d'un silence complet elle courait au piano et jouait des choses folles; elle chantait, jusqu'au vertige.

C'était une créature intime, elle était jolie, et pourtant on pouvait passer à côté d'elle sans la voir; mais un mot, un éclair, un sourire, un geste la révélaient et on allait à elle comme à une amie, on lui disait tout, — le tout des confidences, — elle devinait le reste. C'était de longues causeries à deux dans de petits coins ou dans des allées sombres; on lui disait le nom de sa maîtresse, — elle n'aimait pas cela, — et celui de sa sœur; on lui montrait son portrait, c'était un petit gâchis charmant, de l'amitié, de l'amour, une pointe de maternité; c'était comme une espèce de parenté non classée; elle aurait pu être votre tante si la nature y avait mis du sien, et avec tout cela on l'aimait sans qu'on pût s'avouer au juste qu'on lui faisait la cour.

Elle était sûre de vous, on était sûr d'elle. Ce n'était pas une de ces grandes et splendides créatures auxquelles on a toujours envie de dire : « mon cher » quand elles sont descendues de l'Olympe; non, elle était de taille moyenne, une taille négative; on perd le sentiment de cette proportion-là; rarement brune, souvent châtaine, avec des yeux très-doux, quelquefois bleus et un peu voilés. Elle avait invariablement la taille ronde, les cheveux souples, pas très-abondants, mais soyeux et fins et souvent légèrement ondulés par la nature. Un signe infailiible c'est que les seins s'attachaient toujours un peu bas, un peu plus et c'était trop, mais la nature sait si bien ce qu'elle fait!

Elle s'habillait à ravir et avec rien, chiffonnait très-gentiment, sans s'en douter et sans y attacher d'importance, par goût et sans étude. Elle aimait le noir, les étoffes rayées, adorait les fleurs et en mettait partout, avec des grandes avoines et des herbes folles; je ne sais pas comment elle faisait, ses roses duraient toujours huit jours.

On la rencontrait au marché aux fleurs ; elle sortait à neuf heures après avoir valsé jusqu'au matin sans qu'il y parût à sa mine ; elle portait les petits paquets à ficelles roses comme personne ; elle était toujours voilée : j'ai compris depuis qu'elle préparait la résistance et ses quarante ans.

Aujourd'hui, à cet âge qui a ses rigueurs, elle est aussi jolie qu'autrefois et sa taille est restée la même.

Elle marchait comme on ne marche plus; ce n'était pas la mutinerie cavalière de la bottine haute sous la jupe courte. : si galante qu'elle soit, cette allure sent sa Maupin et frise l'insolence. Ce n'était pas davantage la désinvolture abandonnée et l'insouciance de mauvais ton qui traîne la soie sur l'asphalte; non, c'était l'école du faubourg Saint-Germain, la grande école, une démarche simple, discrète, étouffée, silencieuse. Elle glissait plutôt qu'elle marchait; la jambe se voyait bien un peu, mais juste assez pour amener le vers célèbre et faire penser à Musset, pas davantage : on rêvait le reste. — C'était un bien joli songe qu'on faisait là.

De ces femmes qui regardent mélancoliquement le soleil se coucher dans la pourpre, pendant que les étoiles s'allument au ciel, on en voit passer quelques-unes dans Balzac et dans Charles de Bernard. Jules Sandeau en a connu une ; mais il n'a jamais donné son adresse, et puis il était trop tard : c'est enfin la *Brune aux*

4

yeux bleus, sous la lampe de laquelle on vient s'asseoir, dans « *Si je vous le disais pourtant que je vous aime.* » — Je crois bien qu'il faut en faire notre deuil, Parisiens mes frères : elle nous a quittés, notre air n'était plus respirable pour elle, elle est morte avec les manches pagodes.

Souvent on la respectait ; et, si vous n'avez pas oublié, c'était positivement charmant quand elle était chaste. Pourtant, au fond, on l'aimait sans le lui dire ; mais elle était si intelligente, elle comprenait le silence. Quand, dans les méandres de la conversation, on lui faisait côtoyer malgré elle les sentiers difficiles, elle avait des rougeurs charmantes, des embarras exquis et des petits étonnements très-bien faits, très-nature ; puis elle reprenait vite son assurance, vous offrait sa main quand vous lui demandiez son cœur, et il fallait bien se contenter de cette main longue, effilée, *psychique,* comme aurait dit d'Arpentigny : c'était un joli lot, on eût été bien difficile.

Elle était ordinairement mariée, mais quelquefois veuve; alors dans ce cas-là on pouvait aller au fond des choses, et c'était un grand charme de plus.

Je me suis souvent demandé d'où venaient sa grâce et sa séduction; je le sais maintenant : c'est qu'en cherchant bien, on arrivait à se prouver à soi-même qu'on la désirait un peu, et rien ne rend aimable comme un peu de fragilité; du reste, elle ne rompait pas, elle ne faisait que plier.

Il faut convenir qu'il y avait quelque chose de séduisant dans cet état singulier, qui n'était plus de l'amitié, qui n'était pas tout à fait de l'amour, et qui en était séparé par une espèce de frontière idéale; délimitation vague, toute de convention : il manquait un gros détail. Aussi un beau soir, à la brune, on se trompait

de pays, on passait à la frontière, et on émigrait
sans s'en douter, comme dans les États qui sont
en pente. Alors c'était son triomphe : avec
quelles charmantes précautions et quel adorable embarras elle allumait la lanterne pour vous
montrer la bonne route que vous vous obsti-
niez à prendre pour la mauvaise, et on rentrait
au bercail tous les deux, comme deux vrais
amis, les yeux rouges, le cœur gros, la chair un
peu troublée, confessant son erreur, bénissant la
main qui vous ramenait dans la bonne voie ; on
la mouillait de larmes. cette jolie petite main,
on y collait ses lèvres, et quelques mois après
on essayait encore de passer à l'étranger pour
avoir le bonheur d'être reconduit jusqu'à la
frontière.

Elle était lascive sans s'en douter, dansait
peu et c'était injuste, car elle dansait à ravir,
mais elle était difficile sur le choix de ses cavaliers ; pourtant quand on jouait une valse du

temps, *Rosita* ou *Giselle*, elle venait à vous et vous ouvrait les bras; on partait comme un rêve, et le rêve devenait peu à peu un ouragan; elle fermait les yeux languissamment et s'abandonnait dans une douce mesure. C'était le moment où le mari venait immanquablement lui dire : « Clotilde !... Clotilde ! Et tes palpitations ! Quand tu valses tu ne te connais plus. » Et elle s'apercevait que tous les autres groupes avaient déserté et qu'elle valsait toute seule ; elle revenait à la vie en rattachant ses cheveux avec un joli geste de Vénus antique, ou en portant la main à son cœur avec un sentiment de souffrance.

C'était fini, elle ne disait plus un mot de la soirée.

Elle était vaillante au besoin, nerveuse et forte dans le danger, ardente à la défense quand on attaquait ses amis, passait des nuits entières au chevet d'une compagne et trouvait je ne sais quel plaisir sensuel dans le sacrifice. Elle n'était pas positivement triste, au contraire, mais elle avait horreur des loustics, comprenait à demi-mot toutes les réticences et toutes les mélancolies, venait à vous en vous disant : « Georges, vous avez quelque chose. — Mais non, je vous assure. » — Dix minutes après on pleurait dans son sein.

Il fallait la voir panser les cœurs blessés, comme elle s'entendait à mettre son petit taffetas, son baume, son arnica, et sa jolie petite charpie rose.

Elle était très-sensible, délicate, rêveuse ; absolument indifférente aux cancans, elle pouvait revenir d'un bal et ne pas savoir ce que les femmes avaient dans les cheveux, les faits et les toilettes lui importaient peu. Tout entière aux sensations, elle lisait dans les cœurs comme dans un livre.

Ce n'était pas un bas-bleu ; mais enfin on

pouvait causer avec elle : on s'entendait, on se comprenait ; elle n'avait pas d'affreux bronzes sur sa pendule et des bijoux qui font grincer des dents ; elle était coloriste sans s'en douter, et, d'instinct, adorait les grands maîtres, ne disait jamais une hérésie, ni en art, ni en littérature, écrivait comme un bijou et lisait d'une façon charmante.

Je n'ai pas horreur des notaires, on les a beaucoup calomniés, eh bien! les notaires avaient souvent de ces femmes-là.

Je me suis demandé où ils allaient les prendre, ces tabellions!

Maintenant, c'est bien fini, cette femme-là s'en va. Il y en a d'autres, je le sais bien, mais ce n'est plus la même chose, le siècle est positif. Elle passe encore par-ci par-là le voile baissé, blottie dans le fond d'un coupé, triste, mélancolique, presque recueillie, ou à pied, frôlant les murs, discrètement vêtue, glissant comme une ombre. On la suit involontairement, c'est le je ne sais quoi qui vous attire, c'est le fantôme de la jeunesse qui passe, tenant à la main la pâle fleur aux tons mélancoliques et doux, le chrysanthème, la fleur d'automne.

Imprimerie Beau, Jane.

LA BARONNE DE BAUSÉANT

Cette jolie femme blanche et rose, un peu ample, ornée de fossettes, qui minaude sous l'éventail avec un homme chauve paré d'un grand cordon, est le vivant exemple de ce que peuvent la volonté et l'idée fixe soutenues par une grande force physique, un peu d'orthographe et beaucoup d'esprit de suite.

Cette place qu'elle occupe avec une certaine aisance dans les salons parisiens, n'est pas la sienne. — Laissons-la-lui cependant, car elle l'a conquise au prix d'un effroyable labeur. Jamais diplomate au tapis vert n'a pour arriver à sa solution dépensé plus de rouerie, plus d'énergie, de science du monde et de connaissance du cœur humain. Jamais capitaine n'a fait plus de stratégie, et le soldat au feu, pour faire sa trouée, n'a pas donné avec plus d'entrain ni mieux rassemblé ses forces.

Elle était obscure et elle était pauvre, elle est en évidence et elle est riche. Elle a gravi les échelons un à un, s'établissant avec force dans chaque nouvelle position; se reposant à peine pour reprendre haleine, puis, gravissant encore, souriant pour cacher son immense effort : ne confiant sa fatigue qu'à elle-même, le soir, devant son miroir, au moment où les nerfs se détendent et la conscience se révolte.

Personne ne lui a tendu la main volontairement, personne ne l'a aidée, elle a tout conquis, elle n'a rien obtenu par la sympathie. Souvent, par lassitude, un grand a octroyé quelque faveur, et un jour, émerveillé de tant d'activité et d'une ténacité telle, un baron qui était plus qu'un roi a dit oui, en souhaitant aux hommes qui le servaient cette ardeur dans la poursuite du but à atteindre et cette puissance d'idée fixe.

Elle est née femme d'affaires comme d'autres femmes naissent sœurs de charité. Toute jeune, dans la vie léthargique de sa sous-préfecture, quand elle regardait fixement les pavés de sa rue où poussait l'herbe, elle rêvait Paris, les salons, les ambassades, les Tuileries inondées de lumières, les diamants qui scintillent, les uniformes et les plaques; elle entendait distinctement la voix des huissiers impassibles, jetant aux échos du palais des noms historiques. Aujourd'hui elle dîne à la Ville, soupe à l'Ambassade, et danse dans la salle des Maréchaux; le grand-maréchal l'appelle « Belle Dame » et les chambellans lui donnent le bras à son entrée.

Elle a tout réalisé! elle n'est pas du monde et on la voit partout; elle est ici aujourd'hui parce qu'elle était là hier; demain elle manquera si elle ne vient pas. Elle a commencé par être commode, elle finit par être indispensable.

Un jour un chroniqueur de bonne foi lui donna la particule, elle l'accepta; puis, comme il l'avait vue assise dans la salle du Trône, un *reporter* la crut pour le moins baronne et lui donna le tortil, elle le garda. Aujourd'hui, ceux qui l'ont connue dans sa vase ne sourient déjà plus, en l'entendant annoncer sous ce déguisement, et trouvent que toute peine mérite salaire.

Son existence n'est point une sinécure, elle est dure pour elle-même, s'habille sans feu, très à la hâte et sans grande recherche; elle n'est point sans élégance, mais elle achète la sienne toute faite, elle est de la race des femmes qui mettent leur chapeau sur l'escalier. C'est une

Parisienne de New-York : le temps est de l'argent. Elle est debout à huit heures, après s'être couchée à trois heures du matin, et, avant l'heure du thé, elle a fait quatre visites, vu son agent de change, son notaire, sa modiste et reçu son pédicure.

Dans la vie ordinaire, elle n'aime pas les gens *gênés;* elle prétend qu'ils n'ont pas su s'arranger. Elle sait d'où elle est partie, elle, et songe aux tours de roue qu'a faits son coupé. — Malheur aux vaincus!

La Baronne a franchement horreur de la campagne; on la voit la dernière à Paris, et elle y rentre la première. Elle ne voyage jamais, ne quitte la ville qu'à la dernière extrémité, et s'est fait un château de ses pères loin de son berceau natal. Là, elle invite son curé, bénit des cloches et fait voter des chemins vicinaux; son nom est gravé en lettres d'or sur une plaque noire, et elle a un prie-Dieu fermé à clef dans l'église du

5

hameau. Elle s'ennuie à mourir en face de ses
ancêtres dans leurs cadres en ovale, car à Paris
elle n'a pas d'intérieur et dîne constamment en
ville; elle voit donc fort peu de monde et s'a-
donne à sa famille.

Car je l'oubliais, elle a une famille, elle a
même un mari; c'est commode, et ce n'est pas
si gênant qu'on le croit; elle le sort quand elle
en a besoin, par *respectability*.

Il n'est pas malheureux du tout, ne le plai-
gnez pas, il vit bien : je ne dis pas que ce soit
absolument ce qu'on peut appeler un homme
d'initiative, car elle a dû le traîner à sa remorque
comme un bagage et soulever ce lourd fardeau
pour qu'il pût gravir en même temps qu'elle;
d'ailleurs, en fait d'initiative, il ne reste plus
rien, puisque sa femme a tout pris.

Et cependant voyez si elle est forte; il n'est
pas ridicule, ce mari, car elle est honnête, à
l'acception stricte du mot; si elle se promet un

peu, elle ne se livre pas beaucoup et ne devient jamais l'ennemie de ceux qu'elle a dupés avec une certaine grâce.

Ce qui est fort curieux, c'est qu'on l'appelle la baronne de Bauséant, et que son mari, qui ne comprend pas du tout, s'appelle toujours Bauséant tout court, comme feu son père, un digne homme qui avait vu percer la baronne sous Mlle Potard.

Elle a un portefeuille sérieux comme un avoué, — un peu huileux même, — il est gonflé de papiers, et elle le remet dans sa poche avec la plus grande attention. On voit son coupé à la porte du Crédit foncier, elle court de la Banque à la Société générale, saute au Ministère d'État, tripote, combine, arrange, connaît les Emprunts, possède les statuts et à trois heures, tous les jours, elle est en règle, elle a lu la COTE.

La baronne dit très-sérieusement à qui lui demande de s'occuper d'une affaire : — « Mon cher, faites-moi un petit rapport. » Elle connaît toutes les nuances de la hiérarchie, respecte tous les uniformes, sait la valeur de tous les rubans, fait nommer des sous-préfets, décorer des médecins, débuter des ténors, avancer des consuls et accorder des bureaux de tabac.

Quand elle va à Saint-Germain, elle choisit son wagon avec méditation; si elle reconnaît un conseiller d'État, elle attend qu'il ait choisi son compartiment et monte avec lui, par hasard.

A dîner, elle choisit sa place; en soirée, elle ne plaisante pas, elle travaille, elle a son idée. Elle ne dit jamais du mal de personne et, en femme prudente, ménage les humbles. Si elle aperçoit le garde des Sceaux, elle fend la foule et lui recommande un substitut. M. de Soubeyran a la vue basse quand il la rencontre, M. Frémy fait le distrait et les ministres commencent à comprendre; mais elle y met des formes, et comme elle est irréprochable, il faut la saluer et l'entendre. Une soirée où elle s'est bien amusée est celle où elle a entretenu le plus de fonctionnaires. Les hommes du monde, purs dilettantes, lui sont complétement indifférents. Cependant elle n'a pas perdu un coup de dent au buffet, elle est en règle, et comme elle est bonne femme, elle protége les affamés, fait un signe aux maîtres d'hôtel — qu'elle connaît tous, car on se les passe de ministère en ministère — et fait les honneurs aux timides qui rentrent chez eux en disant : « Quelle bonne personne, la baronne ! »

Elle est la providence des pauvres, et tire à bout portant sur les cavaliers. Sa quête à Sainte-Clotilde est la plus productive et chez la Maréchale son comptoir est celui qui rapporte le plus aux ventes de charité.

Eu [égard à son instruction elle est arrivée très-haut ; elle est quelqu'un ; les préfets la reçoivent en tournée; on annonce son départ de Paris et son arrivée dans sa terre; elle inaugure des chemins de fer on ne sait pas pourquoi. Les auteurs, qui la connaissent comme une *chauffeuse*, lui font un service pour les premières, car elle fait bien la propagande et se pâme au bon endroit; d'ailleurs elle fait bien dans une loge, connaît toute la salle et adresse de petits saluts, à l'espagnole, avec les trois doigts.

On la nomme toujours parmi les notabilités; et comme ils s'appuient mutuellement l'un sur l'autre, aux messes de mariage elle se garde bien de ne pas saluer les chroniqueurs qui lui rendent sa politesse en la citant. On cite certains pianistes qui ont des cheveux trop longs et des gilets trop courts qui lui doivent beaucoup, et dans quelques-uns de ses accès, elle a organisé des concerts et racheté de la conscription des prix du Conservatoire.

En d'autres temps, dans une autre sphère,

avec cette foudroyante activité, cette persévérance et cette préoccupation constante du but à atteindre, elle eût fait de l'histoire comme la Maréchale d'Ancre. — Aujourd'hui, c'est plus modeste, elle a une ambition et vous ne devineriez jamais laquelle... elle veut être vue dans la loge de service. — Vous ne comprenez pas du tout, moi non plus, mais cela est. — Un beau soir on l'y verra, et le grand chambellan lui-même, qui la guette, ne saura point par quelle voie ténébreuse et quelle intrigue savamment ourdie elle sera arrivée à ses fins.

Je ne suis pas inquiet d'elle : comme elle **est** devenue très-riche, sa fille sera marquise pour le moins, et cette fois la chronique n'y aura été pour rien.

Personnellement je trouve qu'elle mérite d'arriver à tout ; c'est un des travailleurs les plus sérieux de ce siècle démocratique où les capacités mènent à tous les emplois.

STRATONICE

Suivez-la, languissamment étendue dans un grand fauteuil, à l'Opéra, dans sa loge. Voyez comme elle laisse flotter sur tout ce qui l'entoure un vague regard !

Aucun milieu ne la modifie, aucune circonstance ne l'influence. Il n'y a sur ce visage nulle trace d'agitation, et le trouble qui remue le fond de l'âme ne se manifestera jamais à la surface. C'est une onde toujours sereine, dont la limpidité ne laisse pas deviner les écueils ; mystérieuses et perfides profondeurs où, dans le cris-

5.

tal, se jouent les petites bulles d'air, perles des Néréides.

C'est un caractère cette femme, c'est un sujet digne d'étude pour une plume méditative qui essaie de sonder les consciences.

Cependant, comme elle ne recherche pas le bruit et qu'elle abhorre sincèrement la publicité, elle restera ici, dégagée des traits physiques qui la feraient reconnaître. Il faut poursuivre sans scandale cette tâche d'étude ; ceux-là seuls qui ont tenté de la pénétrer, et qui l'ont patiemment observée, donneront peut-être un corps à cet être de raison.

Elle est assise là, devant moi, songeuse et méditative, muette ; elle tient du chat et de la couleuvre : mais prenez garde ; si elle est engourdie comme le reptile, elle observe comme l'angora ; elle est plus prudente seulement et ne s'élancera pas d'un bond félin sur la proie qu'elle guette.

Quelle imperturbable douceur! quelle man-
suétude raisonnée, voulue, évangélique! C'est
comme une résignation qui irait jusqu'à la lé-
thargie. La voix est mielleuse, et jamais, dans
les situations les plus dramatiques de sa vie,
elle n'en a forcé le ton; c'est une voix lente,
égale, décolorée, qui soumet au même diapason
et à la même mesure l'expression de tous les
sentiments.

Le regard est de même race, un regard sans
lueurs, flottant, enveloppant toute chose dans
une indifférence égale et dans le même oubli.
Alors même qu'on est en face d'elle et qu'on ne
peut lui échapper, elle ne sait pas fixer davantage ; c'est qu'elle regarde en elle-même, forme
sans relâche de nouveaux projets qu'elle réali-
sera sans attaquer de front les obstacles, mais
en les évitant avec habileté, car c'est un tempo-
risateur qui croit aux mouvements tournants et
aux chemins biais.

Cette fermeté irrévocable en ses desseins a pour source féconde l'idée fixe. Jamais, par un effort constant, par une réserve qui ne se dément point et une diplomatie innée, elle n'a formulé hautement le vœu qu'elle caresse, l'espoir qu'elle fonde et la volonté qu'elle a conçue. Jamais non plus, aux moments les plus désespérés, elle n'a laissé deviner son doute et soupçonner son découragement.

Stratonice parle peu, si peu qu'elle en est embarrassante ; on sent qu'elle ne veut pas qu'on entre dans l'intimité de ses pensées. Mais, comme les muets, elle écoute tout, malgré son air distrait, et de tout elle tire une déduction. La plus petite nouvelle, l'événement mondain le plus simple l'intéressent, et il est facile de l'attacher, car, constamment distraite ou occupée ailleurs, ce qui se passe sous ses yeux lui peut rester étranger, si c'est un fait ou une intention qui ne la lèse point.

Autrefois elle était charmante et mignonne, avec une transparence de peau et une maigreur aristocratiques qui lui prêtaient quelque chose d'idéal. Toujours faible et languissamment couchée sur la chaise longue, elle avait l'air d'être accablée sous le seul poids du temps, et on eût dit qu'elle allait plier au moindre souffle du vent d'automne. Les yeux bleus noyés de langueur étaient d'une expression virginale et d'une angélique douceur. Aujourd'hui, l'ange a perdu ses ailes, la démarche est un peu plus qu'imposante, le gros lys ne craint plus les efforts de la brise, car il tient à la terre par son propre poids et s'y rattache de tout l'effort de ses nouveaux rejetons. Ce sourire innocent et candide qui flottait constamment sur ses lèvres, en se figeant au coin de la bouche, est devenu grimace légère.

Froide, tenace, indifférente en apparence avec tous les siens; on lui obéit cependant au moindre signe, qu'il s'agisse d'une volonté légère ou d'une décision solennelle. C'est qu'à l'égal des lampes sépulcrales où le feu flambe voilé sous l'albâtre, on sent une volonté qui veille et qui brûle sous cette inertie et sous cette langueur.

Tout ce qui est autour d'elle, parents, amis, serviteurs, sont tenus par cette force d'apathie, force passive, permanente, inévitable, qui n'est jamais prise en défaut et qui plane, silencieuse et dominatrice.

Le mouvement physique n'est jamais chez elle à la hauteur de l'activité de la pensée. Cependant, cette femme indolente qui se repose depuis le printemps de sa vie, suivrait demain une chasse à courre, si cet effort pouvait servir ses projets et amener un effet, futile peut-être aux yeux du vulgaire, mais qui, combiné avec un autre, suffirait à déterminer un résultat qu'elle a longtemps caressé.

Cette femme, accueillante à tous, ne s'est ja-

mais sentie attirée avec plus de force vers une
compagne que vers une autre; on ne lui connaît
qu'une amie. Mais peut-on vraiment parler
d'amitié dans ces régions, où soufflent les
rigueurs de l'étiquette?

Les observateurs qu'on donne pour les plus
perspicaces, ces femmes qu'on appelle ses amies,
la regardent comme impénétrable et déclarent
qu'elle est réfractaire à l'analyse.

Pourtant, ce qui n'échappe à personne parmi
ceux de son cénacle, c'est que dans l'intimité sa
prudence est parfois désarmée, et qu'on l'entend
lancer un mot terrible et d'une méchanceté fé-
roce avec un sourire empreint d'innocence et
un geste de Vierge à l'autel. Elle déteste avec
suite, mais sans éprouver le bonheur et la rage
de la haine. Pour bien haïr il faut quelque sincérité.

Elle a poussé l'esprit de famille à un tel point
que, pour réunir autour d'un même foyer et

pour confondre dans le même nom tous les
membres de sa tribu, elle renoncerait à un
trône pour un des siens, à la condition qu'il
épousât une fille de sa race.

Le sort l'avait fait naître dans une position
modeste; elle a grandi par ses propres soins et
protége de son ombre tous ceux auxquels l'u-
nissent les liens du sang. Ambitieuse pour tous
ceux qui la touchent, quand, naguères, elle vit
l'un d'eux se vouer à la vie contemplative et
décidé à passer ses jours dans des loisirs obscurs,
mais plein d'intimes jouissances, elle sentit que
la prospérité toujours croissante de sa race allait
s'arrêter. Elle eut peur et souffla au cœur de ce
lazzarone millionnaire, et de ce dilettante aimable, l'ambition qui la dévore, et ses appétits de
grandeur toujours inassouvis : elle lui montra
du doigt un manteau d'hermine qui pouvait
ouater de sa tiède fourrure ses épaules et son
double blason ; il étendit la main pour le saisir,

et délaissa les chevaux et les toiles des grands maîtres pour mériter cette illustration nouvelle.

C'est bien la Muse de la prudence, la Vénus de l'habileté, elle devrait avoir dans ses armes un gouvernail avec *j'observe* en exergue.

Admirons combien la femme oublie vite! Elle a entièrement perdu la mémoire. Au lieu d'être humble, indulgente, et de remercier le monde qui ne s'est plus souvenu de ses premiers gestes, elle a tout d'un coup substitué un puritanisme sans exemple, à une dissimulation sans seconde.

Stratonice mêle dans une savante mesure les étiquettes de tous les pays. Anglaise avec les Anglais, Française avec les Français, elle allie la bonhomie sincère de l'Espagnole à la désinvolture facile et vraie des Romaines. Son goût est célèbre, et elle possède autant qu'aucune femme du régime auquel elle voudrait appartenir, la science du monde, le goût et l'arrange-

ment des choses du luxe. Elle sait descendre
du chiffon rose et du point d'Angleterre aux
agencements des livrées, aux minuties du service, aux rites des réceptions; c'est la femme
de la demi-teinte. Comme elle parle à voix
basse, ne brave jamais le monde et temporise
plutôt que d'enlever une situation; elle est encore conséquente dans ses goûts et n'émancipe
jamais, par une fantaisie de haut ton, l'harmonie sévère, mais facile, de tout ce qui l'entoure.

J'ai dit que c'était un caractère, aujourd'hui
elle est devenue une force, et désormais ce
cèdre, qui étend ses branches sur tous ses rejetons, qu'il abrite des feux du jour, ne saurait
être déraciné du sol parisien.

Heureux, ô rejetons! Laissez-vous vivre,
abandonnez-lui la prospérité de vos rameaux, car
elle a souci de votre séve. Jamais vous ne con-
naîtrez, ô tendres arbrisseaux! les baisers trop
ardents du soleil ni les tourmentes qui secouent

les jeunes tiges : voyez, le plus fréle d'entre vous sort à peine de terre, et, déjà songeuse, elle cherche autour d'elle à qui elle pourra l'unir, préparant lentement, par l'étude de l'*Armorial*, la gloire de sa floraison et l'épanouissement de son feuillage,

Belle Hélène

LA BELLE HÉLÈNE

———

Tour à tour *Hélène, Boulotte* et *Grande-Duchesse de Gérolstein*, elle est restée incarnée dans la fille de Léda, et tous les Pâris de l'Almanach de Gotha lui ont à l'envi décerné la pomme.

On n'est pas moins antique. — Il y a en elle du débardeur, de la grande artiste et une pointe du titi parisien ; elle excelle à faire comprendre ce qu'elle ne dit pas, et a élevé la réticence, l'intention et le sous-entendu à la hauteur d'un art. Elle sait toutes les nuances, ne les force jamais, compte sur l'intelligence du public et s'arrête juste à la limite.

Son jeu est une ironie, un scepticisme, une satire, un commentaire des choses les plus intimes du monde parisien. Un regard d'elle contient une nouvelle à la main, un geste fait une allusion, un sourire à peine indiqué raconte une anecdote qui court les ruelles et circule sous le péristyle de la Bourse. — Elle ne la dira pas, soyez tranquille, elle y pense, cela suffit, et *tout Paris* va y penser avec elle.

L'art de la *Belle Hélène* mis dans un creuset donne à l'analyse une grande science de diction, tout l'esprit des coulisses, une voix d'un timbre sympathique, pas mal de cynisme, une lueur d'inspiration, de l'atticisme dans une proportion appréciable, une originalité réelle, une raillerie constante des sentiments les plus respectables, une grâce piquante, un ragoût épicé et affriolant. Malgré cela, ou plutôt à cause de cela, c'est de l'art mais de l'art enveloppé dans une papillote.

La *Belle Hélène* est une figure croustillante dessinée par Fragonard et retouchée par Gavarni. Le marquis de Sade, jeune encore et relativement naïf, n'est peut-être pas resté étranger à la collaboration.

Les solennels disent que sa scène est un tréteau de la foire, mais les paillasses sont dessinés par Marcelin et habillés par Worth, le boniment est signé Meilhac et L. Halévy, la fanfare est d'Offenbach. Le parterre est membre de trois clubs : le jockey, les mirlitons et les babys. Les pommes cuites sont des camélias, il y a des louis d'or dans la sébille et des ambassadeurs dans la *claque*. L'imprésario est un homme fort, il crée le mouvement au lieu de le suivre.

C'est l'art du siècle. Tant pis pour lui, un art moderne daté 1868 ; un art *avancé* (comme le gibier) qui se modifie et se complète suivant le goût du jour. Le geste de la création est une anomalie à la reprise et paraît démodé comme les manches pagodes, les robes de Palmyre et les chapeaux d'Herbaut.

Le dialogue suit la musique, frétillante, vive, élégante, capable de tout, même de distinction et de passion : ironique sous la douleur, douloureuse sous la *cascade*, le couac des clarinettes allemandes qui jouent dans les cours y raille à tout instant la mélancolie de *Fortunio ;* c'est bien l'œuvre d'un homme de talent et d'esprit qui dit à son temps : « Ah ! tu bâilles à *Alceste* et tu veux du *Flon-Flon!* tu en auras : soyons canailles, mais mauvais genre..... jamais!..... *Evohé Bacchus m'inspire !* »

Les pampres dont se couronne cette muse-là sont cueillis à Épernay, ses Porcherons sont la Maison-d'Or, la bacchante d'*Orphée aux Enfers* est une bacchante entretenue qui ne connaît les faunes et les égypans que de réputation, mais qui conduit elle-même au lac, sait ce qui se passe dans les chancelleries, donne la main gauche aux princes de Bénévent, et a pour boxeurs des princes du sang.

Comme elle a une grecque au bas de sa jupe, elle a l'air, de loin, d'être antique, mais dans ses attributs la lyre et la palme sont entrelacées au mirliton acheté à Saint-Cloud. Sa tunique ne craint pas le trottoir, elle y ramasse les refrains populaires, et, par la grâce de l'art, les banales ritournelles qu'elle entraîne forment une broderie de perles autour de l'étoffe. La garniture ne vient pas toujours d'Ophir, c'est possible ; on sent quelquefois l'écaille de poisson fabriquée rue Pagevin, mais enfin c'est une perle bien montée, qui brille, et qui accroche la lumière de la rampe en son orient.

Tous deux auraient pu faire davantage la bacchante et la muse ; mais les joyeux viveurs

aux gilets en cœur qui portent un pétuniah à la boutonnière, ne croient jamais *que c'est arrivé*. On sait où logent les vrais dieux; mais de Gluck on roule à Hervé : c'est la pente irrésistible. Hélène commence un sanglot qui s'achève en rigolade de madame Ménélas. *Dites-lui qu'on l'a remarqué*, qui se dessine comme une plainte amoureuse et mélancolique, finit par une cascade; et la marche héroïque, à la troisième note, prend la première mesure à droite, passe du Parthénon au quadrille, et finit en *Bu qui s'avance*.

Vous pouvez maudire, jeter l'anathème, crier à la profanation et vous voiler la face, cela est, cela vit, cela règne et cela fait recette.

Le monde entier fredonne ce « *Bu* » là; les autocrates, sous les ombrages de Tsarkoë-Zélo, murmurent « *J'aime les militaires* » tandis que les échos du cabinet de Saint-James répètent « *Voilà le sabre... Le sabre...* »

Que voulez-vous faire? C'est un symbole cet
art *faisandé* : Paris, Vienne, Londres et Berlin
sont du même avis. On raille l'amour, la gloire,
la patrie, l'amitié, les héros épiques et les trois
mille dieux qui n'avaient pas un athée : on
place l'Hymette aux Buttes Chaumont, le
Pinde à Montmartre, on envoie Calchas à
Chaillot et on fait d'Ajax un gâteux. C'est un
signe du temps, tout s'enchaîne.

Ces débauches spirituelles de trois hommes
de talent correspondent à quelque chose; ce
n'est pas là la France, mais c'est un coin du boulevard où se rue toute l'Europe. *Barbe-Bleue*
est un type; la fatalité antique faisant d'*Hélène*
une victime, est une trouvaille; le diplomate
de la *Grande-Duchesse* est toute la diplomatie
moderne réduite à la cravate blanche et à l'impassibilité par le télégraphe. Le prince Paul et
les courtisans qui s'inclinent frisent le pam-
phlet.

Quand les *femmes qui viennent* portent des jupes courtes, quand les hommes sont voués au veston court et au besigue chinois, que le plat du jour en peinture, en littérature et en philosophie, est le *Pied de Mouton* déguisé sous toutes ses formes, il faut être conséquent ; la Malibran devient la *Belle Hélène*, la *Vestale* et l'*Alceste* sont distancées par l'*Œil crevé*.

L'art est un miroir, il réflète les choses et les hommes contemporains.

La comtesse Ismaïl.

LA COMTESSE ISMAIL

J'ai vingt-huit ans depuis cinq ans, je suis très-jolie, tout le monde le dit, et j'ai une taille qui est vraiment étonnante.

Je suis venue de bien loin, bien loin, mais je ne suis pas du tout fatiguée, car je danse tant qu'on veut.

Comme je faisais très-bien la révérence sans m'entortiller dans ma traîne, que je riais toujours pour montrer mes dents, que je me décolletais dès que j'avais un instant à moi, et mettais quatorze mètres dans mes jupes : j'ai été

6.

de la troisième série — c'est logique. On a invité aussi mes diamants, bien entendu.

Et les Parisiens, qui ne sont pas bêtes, m'ont appelée comtesse Ismaïl, à cause d'une pièce du Gymnase.

Je manquais totalement d'ancêtres; mais à Paris, les chroniqueurs sont charmants; comme ils trouvaient cela très-injuste, ils m'ont donné des aïeux; je les ai pris vous comprenez, et j'ai cru que j'allais m'évanouir quand j'ai lu dans les feuilles publiques : « la *Comtesse I...* était en beauté hier soir... » C'est que, voyez-vous, j'ai au fond du cœur un véritable fanatisme pour tout ce qui est noble par le rang et par la naissance. — Vous savez, chez nous, la naissance ! ça n'est pas comme ici..... Un titre me grise, et un écusson m'inspire des respects indicibles. — Vous voyez, je suis bonne fille, je vous dis tout.

J'ai traversé vos fêtes comme un météore,

étincelante de pierreries et laissant derrière moi
comme un sillon lumineux. Je fascinais tout
sur mon passage, et j'avais des regards profonds
sans jamais en croire un mot, parce que les
hommes me sont complétement indifférents ;—
c'est la parure qui est ma spécialité.

On m'a dit un jour que, quand j'allais dans
le monde, j'étais *montée* comme une féerie du
Châtelet, à grand spectacle ; avec des dessous,
des trucs, des effets et des surprises.

Il paraît que, du premier coup, j'ai donné
l'*ut* dièze de la toilette, et il a été souvent question de me faire faire mes entrées sur un piédestal à pivot. — Mais, j'y pense, j'ai fait cela
une fois ; la pièce a même eu beaucoup de
succès ! Les dentelles de la jupe, la neige des
seins, les roses du visage, les grappes de rubis
dans le chignon et le bas de jambe ont été rap-
pelés ; on a même bissé les épaules. Ces messieurs du Petit-Club (qui vraiment disent

quelquefois des choses !...) ajoutaient que ça donnait envie d'entrer dans les coulisses et de descendre dans le troisième dessous.

Mais le lendemain, tous les journaux ont fait des comptes rendus de mes toilettes, et je ne me possédais pas de joie de me voir dessinée dans la *Vie parisienne* et étudiée dans les faits divers. Alors, j'en conviens, j'ai perdu un peu la tête, et j'ai eu la fièvre tout un hiver, j'ai vidé mes écrins sur mes épaules, je me suis fourré des diamants partout, mes coiffures sont devenues des poëmes et mes jupes des partitions de Wagner. — Leroy n'en pouvait plus, et Worth était à bout d'invention.

J'ai vu des personnes assister à une nouvelle robe de moi, comme à une première représentation. J'ai même fait des répétitions générales, avec toutes les lumières et du public dans le cabinet de toilette. Et puis, comme je me sentais déjà une grande actrice sur laquelle le pu-

blic comptait, j'ai tout étudié et tout composé :
ma démarche, mon sourire, le jeu de mon
éventail, mes attitudes et mes gestes.

Vos vraies Parisiennes sont incroyables, vous
pouvez vous en flatter ; j'en ai vu arriver à de
grands effets avec rien. Il y en a quelques-unes
qui sont les reines d'un salon avec une jupe
simple, des manches plates, des coques en huit
et pas de diamants — tout simplement. Ça
m'enrage ! Quand je pense au mal que je me
donne, moi !

Cela m'a fait réfléchir un peu, et j'ai demandé
le secret à des hommes d'esprit : ils m'ont ré-
pondu un tas de choses... Je n'arriverai jamais
à répéter tout cela : ils parlent de distinction
réelle, de noble simplicité, d'un charme intérieur qui s'échappe au dehors de la femme qui
rayonne et qui les éclaire, ce qui explique leur
autorité qu'on accepte et leur douce influence
qu'on subit.

— Mais alors, il faut s'entendre, la coupe d'une robe, le tour d'une coiffure, la blancheur des épaules et le feu des diamants, ce n'est donc pas la raison suprême ? — Dieu ! comme ça m'étonne ! — C'est l'éducation, comme on dit.

Ah ! je ne le cache pas, j'ai ressenti des désespoirs secrets en face de ce calme et de ce mépris des artifices. Je comprends bien un peu maintenant, mais je ne peux pas.

Un jour que je faisais émeute dans un bal, entre deux quadrilles, un de mes amis m'a confessée dans un coin et m'a dit des choses très-dures, tout en tenant ma glace ; mais il avait l'air très-bon, et j'ai bien vu qu'il s'intéressait à moi.

Il prétendait que si tout l'ensemble de mes toilettes, depuis la bottine jusqu'au pouf avec l'aigrette en diamants, étaient moulés sur un joli mannequin au lieu d'être porté par moi, le résultat serait à peu près le même pour le monde, et moi, au moins, je me serais reposée de mes fatigues, pendant que ce qui fait le meilleur de ma gloire aurait été à ma place de salon en salon, recueillant tous les suffrages. — Ce n'était pas très-poli, n'est-ce pas, mais il m'a dit cela comme le petit Dumas, — vous savez, avec un petit air paternel qui fait qu'on ne peut vraiment pas se fâcher, et que même, il faut dire merci.

Maintenant, j'ai très-bien compris. — Les femmes ne vivent et ne règnent que par le suffrage des hommes, comme les hommes ne réussissent, dans un salon, que par le suffrage des femmes !

Ces dames d'ici regardaient bien mes parures comme des rivales, mais elles n'avaient pas du tout peur de la femme elle-même : quant à ces messieurs, comme ils ne se gênent pas pour dire qu'ils ne sentent pas le cœur battre sous ma jolie poitrine, et que je n'ai pas de *Ça*, ils ont vite oublié mes panaches extraordinaires, mes traînes invraisemblables et mes émeraudes sans précédent. Aussi, je rentre dans la retraite, je renonce au monde cet hiver.

Autrefois, il fallait m'avoir, et on m'avait ; on montait sur les chaises pour me voir entrer, et ces messieurs faisaient des nœuds à leur mouchoir pour se rappeler la couleur de mes robes, la forme de mes jupes et la disposition des diamants de mon écrin, afin de le redire le lendemain à ces dames. Maintenant, je reste en peignoir jusqu'à cinq heures, et je ne suis plus du tout dans le mouvement.

C'est fini, je me sauve par l'amour maternel et je lis dans des livres — ça ne m'amuse même pas encore. — Je ne pense plus du tout à Compiègne, je mets des chapeaux fanés et je cache des robes à falbalas passées sous des fourrures de renard bleu de vingt-cinq mille francs pour aller à la messe. Quand on ne m'appelle pas

« comtesse, » je ne suis plus étonnée; j'arrose mes fleurs, je dîne avec mes enfants, je vais quelquefois aux Italiens dans une baignoire, pour écouter de la musique et non plus pour être vue. — Je ne suis plus très-folle d'Offenbach, et j'essaie de lire les *Débats*.

Depuis ce temps-là, tous les jeudis, j'ai beaucoup d'hommes; ils sont charmants pour moi. Je comprends un peu ce qu'ils disent quand ils parlent des chemins belges et des bons de délégation; ça les flatte, et au moins je ne me tiens plus toute droite dans mon landau, les jours où je vais encore dans le monde, de peur de chiffonner ma jupe — C'est cela de gagné.

Ah! je sens bien que nous autres, qui régnons par la toilette, nous devons nous renouveler; cela n'a qu'un temps, tandis que les Parisiennes pour de vrai, celles que le marquis appelle des *Femmes qui s'en vont,* dès qu'on les a devinées dans un mot, dans un regard, dans

7

une inflexion de voix... qu'on a compris la femme intime, sérieuse, profonde, eh bien ! cela se lit et se relit comme un bon livre. — Oui, mais moi je ne savais pas tout cela en arrivant à Paris, et je comprenais bien que si j'étais simple j'étais perdue. Qu'est-ce qui m'aurait regardée ? C'est comme une fille sans dot.

C'est pour cela que je me suis mis, la première, des choses si extraordinaires sur la tête. — On ne m'y reprendra plus, c'est une conversion. Du reste, vous savez bien quelle est la jolie brune qui a repris mon emploi de grande coquette. Il est bien tenu, mais, seigneur ! quelles inventions compliquées elle se met dans le bas du dos ! Jamais je n'aurais osé risquer cela.

Le Chandelier

LE CHANDELIER

Imaginez deux bouquets offerts à une femme aimée : le premier, composé de fleurs vaines et fières : camélias sans parfum, roses altières, tubéreuses écloses à la tiède atmosphère des serres, qu'une main banale a payés au prix de l'or : l'autre, humble, modeste, premier gage du printemps, premier sourire de l'année, fait de pâles violettes et de frêles primevères.

La main d'un amant les a cueillies une à une sur la pente d'un coteau, au pied des bouleaux et des trembles qui bourgeonnent à peine; et, pour les découvrir, elle a soulevé les feuilles desséchées par les derniers vents d'automne.

Le soir venu, aux accords d'une fête, quand les salons éclatent de lumière, à l'heure où « le bal tournoyant de ses feux vous inonde, » le bouquet paré s'épanouit dans un vase de Chine; et, fier de l'honneur qu'on fait à son présent, le galant se rengorge. — La valse au bond rêveur emporte les couples, la fanfare éclate, tout vit, tout palpite.

Là-bas, dans le demi-jour d'un boudoir solitaire où l'écho de l'orchestre n'arrive plus que comme un soupir joyeux, sur la petite table où *Elle* écrit ses billets du matin, près du buvard, dans ce coin bénit où gît sa pensée intime, où s'écoule sa vie, elle a mis les douces violettes loin du bruit, loin du monde, comme dans un sanctuaire.

Le parfum subtil se répand lentement, et

l'heure où elle échappe au monde pour tirer les verrous, elle sera comme imprégnée de cette odeur à la fois douce et pénétrante.

. . . .

C'est toute une idylle, n'est-ce pas ? Mais quand on ne s'occupe ni de budget, ni de Bourse, ni de chevaux, on regarde, on observe, et parfois, si on sait inspirer la confiance, on a quelque bonne fortune.

Le bouquet paré, c'est *Clavaroche.*— La violette, c'est *Fortunio.* — La femme aimée, c'est *Jacqueline;* et la jolie comédie qui se joue là, sous nos yeux, devant le tout-Paris des Champs-Élysées, sans qu'il nous en coûte un louis, chaque mardi, peut s'appeler le *Chandelier*.

CLAVAROCHE

Grand, beau, riche, un Antinoüs bête, d'une tenue irréprochable, commandeur des ordres les plus inattendus. Il a du monde, affecte volontiers un silence plein de réserve, s'explique à demi-mot et par sous-entendus. Il assure lui-même qu'il a des idées arrêtées sur toute chose, et semble porter, à huis clos, tout un monde dans sa tête ; mais comme il ne se commet point dans la discussion et qu'il a de la tenue, il faut un peu de temps et quelque perspicacité pour s'apercevoir que *Clavaroche* est une armoire vide fermée à clef.

Vaniteux sans excuse, désœuvré sans compensation, il fascine les femmes par des regards profonds et semble bien fait pour donner le bras à une merveilleuse à son entrée dans un salon. Les personnes d'esprit qui l'ont deviné, assurent qu'il faut l'avoir, pour la cheminée, un jour de réception ; et, de fait, il parle toujours à la plus belle, à la plus noble, à la plus riche : il est partout et toujours en évidence, mais dans l'intimité du boudoir un jour de visite, il devient inutile et jamais dangereux. On s'en pare aux jours de gala, on le met dans un vase de Chine sur le guéridon, en plein salon. — « *Clava-roche* a tout ce qu'on voit des femmes et rien de ce qu'on en désire. »

FORTUNIO

Doux, sincère et profond, modeste autant qu'il faut l'être, discret, toujours prêt à s'effacer, apte à tous les rôles, mais aimant mieux n'en jouer aucun. On le voit rarement, et s'il est là il peut passer inaperçu : cependant il vous surprend tout d'un coup, par un mot vrai, fort, incisif, qui fait balle, laisse une trace, et inspire à tout jamais à ceux qui l'ont entendu un certain respect pour cette personnalité qui veut s'effacer.

Prenant du monde ce qu'il en faut prendre pour le savoir, le méprisant autant qu'il mérite d'être méprisé, assez sûr de lui-même pour entendre un sot parler une heure sans l'interrompre, sachant presque toute chose et ne disant le vrai que lorsqu'on l'y pousse : alors, se répandant comme une lave, sans s'épargner, sans compter, mettant son cœur à nu, éloquent, touchant, persuasif, ému, rapide, plein d'éclairs, oubliant le lieu, l'heure, l'assistance, donnant sa vie, son âme, le feu intérieur qui le brûle, et quand il revient à lui et s'aperçoit que des indifférents l'écoutent étonnés, presque offensés par cette spontanéité qui n'est pas du monde : se reprochant sa naïveté, ses élans et sa flamme incomprise. — L'étincelle a jailli, il rentre dans son obscurité et se renferme dans son silence.

Il est quelqu'un, mais il ne prétend à rien et laisse le champ libre à ceux qui veulent être en évidence et *se pousser* dans le monde. *Clavaroche* ne le méprise pas, il l'ignore et ne le voit même point, encore qu'il le coudoie à chaque pas.

. . . .

Une nuit de gala, pendant que ses trois cents invités dansaient là-haut, Jacqueline, sans dire un mot, prit un confident par la main, lui fit gravir l'escalier qui mène de la serre aux appartements intimes, et là, charmante dans son impudicité, frémissante de l'attente et fière d'un bonheur ignoré, elle entr'ouvrit discrètement une lourde portière : *Fortunio*, étendu dans un large lit à rideaux de dentelles, rayonnant sous l'éclat de la lampe, sommeillait en attendant la fin du bal et l'heure du berger.

Et pendant ce temps-là, dans les salons, le bouquet monté restait dans son vase de Chine, sur le guéridon. Et ceux qui croient tout ce que dit le monde se montraient du regard *Clavaroche* appuyé à la cheminée, disant à leur voisin avec un air d'initiés : — « Heureux *Clavaroche*, on lui pardonne sa vanité en pensant à son bonheur. »

Et *Jacqueline?* — Vous n'auriez qu'à la

7.

reconnaître. Elle était promise à l'amour; on entendait venir le petit Dieu avec des frémissements d'aile; les femmes ne sont pas en beauté comme elle était cet hiver, sans une raison bien grave : et puisque Bartholo couvert de gloire et dépourvu de cheveux a voulu épouser Rosine, — tant pis pour le barbon! — C'est immoral au fond, mais c'est charmant.

Ah! souvenez-vous-en, Jacqueline, nous vous l'avions bien dit : -- « Prenez garde, ce sont ces anges-là qui font déchoir les filles! » — *Clavaroche*, lui, n'était pas dangereux; mais maintenant ne le désespérez jamais, il est si commode le *Chandelier!*

— « Chantez donc, monsieur Clavaroche ! »

LA CHARMEUSE

Un homme d'esprit, un soir de bal masqué, l'a baptisée *La Charmeuse*. Elle est blanche et pâle, avec de grands yeux menteurs légèrement cerclés d'un ton bleuâtre ; ses cheveux sont célèbres, cheveux d'un autre âge qui ont défié les dernières fantaisies de la mode et, contre tout sentiment d'un progrès (qui est une décadence), cachent encore ses oreilles à moitié, comme si on était resté au temps des manches pagodes. — C'est si étrange qu'on dirait un vœu ou une protestation, mais, au fond, réfléchissez bien, et vous verrez que c'est une spéculation spirituelle. Elle triomphe par la comparaison entre l'art et la nature.

La *Charmeuse* est lente, recueillie, sans grande prestance et sans initiative, elle n'appelle pas les hommages, elle veut qu'on la protége et qu'on la défende; c'est par la faiblesse qu'elle charme cette Ariane de la rue de Chaillot.

Elle a horreur du bruit, c'est la femme des baignoires discrètes et des livrées sombres, elle fuit les réunions éclatantes, étale un luxe discret et sévère, proscrit les diamants, et met toute sa gloire à passer pour une Cornélie qui regrette les bijoux vivants qui suffiraient à la parer. — Mais il paraît que les bijoux sont impossibles. — C'est même, assure-t-on, un cas assez intéressant pour la Faculté.

Elle écoute comme un ange et personne ne

s'ennuie mieux qu'elle, — ce n'est pas une science, c'est un don ; — aussi voit-elle s'adosser successivement à sa cheminée les plus graves et les plus austères. A certaine heure, cette confidente muette peut cacher une Égérie timide.

Encore quelques années, et la *Charmeuse* va se regretter elle-même ; on entrevoit déjà sur son front les mélancolies des automnes, elle se voue à la pénombre, s'assied instinctivement à contre-jour, vit dans la demi-teinte et pense en ton mineur.

Elle est ce qu'elle veut être, vive, folâtre, simple, naïve, raffinée ; son triomphe, c'est le *naturel*. Un naturel faux comme un jeton, mais plus vrai que nature, car elle le compose avec une science profonde.

La vague, auprès d'elle, est sincère, c'est un petit océan de perfidies. Elle tient de tout, suivant les besoins de la cause : de la pruderie, de la crainte, de la confiance, des confidences fraternelles, des accents qui sentent la maternité, des pudeurs de vierge et des désirs comprimés. Elle vous sait un conseiller d'État en trois mots, — une véritable intuition! Un geste, un éclat de rire, une opinion hardie lui suffisent, et, changeant de point de vue avec une souplesse inouïe, elle offre à tous ce qu'ils aiment le mieux, et trompe chacun comme il aime à être trompé.

Sa grande spécialité, ce sont les cœurs à cicatriser : il faut la voir mettre sa jolie charpie rose avec sa main blanche. C'est une Célimène sans fracas, qui quitte l'éventail pour la trousse. Et, à côté de cela, elle excelle à traîner les cœurs en laisse et distribue, avec la plus parfaite équité, à tout un parterre de surnuméraires qui croient encore à l'espoir, des légères faveurs et des regards empreints de complicité. C'est un moyen de ramener, par une concession peu compromettante et quelle a su faire à temps, celui qui allait se dérober à un trop platonique servage.

Mûrie dans les intrigues sans efforts violents, reposée dans une solitude presque absolue, elle possède comme personne la plénitude de sa raison et jamais ne va plus loin qu'elle n'a résolu d'aller ; aussi amène-t-elle toujours là où elle le voulait conduire celui qu'elle a distingué. Son procédé le plus sûr et le plus éternellement efficace consiste à faire croire à tous, à tour de rôle, qu'ils ont le privilége des intimes confidences et des plus secrètes pensées ; aussi chacun, et pour lui seul, la voit-elle porter à ses lèvres la fleur qu'il vient de lui donner.

La grande science consiste à exciter la méfiance réciproque, et le grand danger qu'il faut éviter, c'est l'indiscrète confidence qui mettrait ce jeu cruel à découvert.

Comme elle parle avec une apparente négligence du sujet qui la touche le plus! Comme elle sait, par un beau geste de baigneuse antique, renouer avec une absence de prétentions pleine d'étude, une tresse de cheveux qui s'est bien déroulée au moment propice!

Qui pourrait enfin se douter, en la voyant si blanche et si douce, que son meilleur bonheur est de traîner des âmes sur la claie, et de prendre pour une pelote de satin les cœurs les plus virils et les plus profonds?

Ses succès, elle ne voudrait pas les devoir à la force, mais à la souplesse et à la ruse; c'est son meilleur bonheur de sentir au dedans d'elle-même sa faiblesse et sa duplicité, qui triomphent de la sincérité et de la force.

Il y a là pour elle une question d'art. Ceux qu'une fois déjà elle a déçus et trompés, elle cherchera à les décevoir et à les tromper encore. La difficulté la tente. On la croyait une Dalila sans cœur, et on la fuyait en la maudissant, quand, soudain, on fait un retour sur soi-même et on se demande si on ne s'est point abusé, car elle vient de se montrer sous un jour nouveau.

Elle a eu dans un regard, dans un mot, une de ces révélations intimes qui sont des lueurs. La sirène a disparu pour faire place à un ange meurtri dont le monde a brisé les ailes et qui peut encore, à qui sait la mériter, donner la clef d'or de son cœur.

Épiez-la quand elle lutte, — si elle ne vous épie vous-même. — La *Charmeuse* préludera par un de ces regards pleins et francs, regards qu'on peut soutenir et scruter et dont on croit entrevoir le fond. Cette sincérité désarme la victime qui s'offre à ses coups et se dit qu'après tout, le monde est parfois bien méchant, qu'il y a deux êtres dans chaque femme, celui que le monde croit connaître et l'être intime qui se révèle à quelques initiés.

C'est la première manœuvre, elle a semé le

doute et désarmé la méfiance ; peu à peu, dans des demi-aveux, des éclats voilés, des confidences contenues et exprimées avec crainte, elle ébauche des regrets pleins de réticence et des mélancolies indicibles ; elle laisse entrevoir, comme un avare entre-bâille une riche cassette, un cœur entr'ouvert, richesse inconnue, qu'on ne soupçonnait point, et qu'elle garde comme un jaloux.

Les perles de son dévouement, les joyaux de ses sacrifices, toutes les splendeurs enfin, et toutes les ivresses d'un amour rare et profond, scintillent sous un regard furtif ; mais le sphinx qui allait parler se tait et le reliquaire se referme. Personne n'est digne de ces dons et la *Charmeuse* elle-même veut oublier qu'elle les possède. Elle revient de son égarement, finit de s'étourdir, et du ton le plus résolu, s'égare en de banals récits.

Elle a semé le trouble cependant, elle a

désarmé cette haine qui était si proche de l'amour, et l'œuvre est ébauchée. C'est maintenant que vont se révéler la perfidie et la duplicité.

La statue sort des limbes de la glaise, frémissante déjà de l'inspiration qui l'a conçue, quelques touches suffiraient à la parfaire; la certitude de cet habile artisan du trouble et de cette semeuse de passions recule à son gré le moment de signer son nom sur le socle.

Elle se possède et se domine, elle n'est jamais prise, et elle vous a pris tout entier. — C'est le moment où elle va laisser se dessécher l'argile et se refuser à l'animer du souffle de vie. — Comptez, ô Parisiens qui la connaissez tous, les naïfs bien épris qu'elle a désespérés et les lions superbes qu'elle a réduits à fouiller le sol en hurlant.

Et pourtant hier, glorieuse d'une œuvre qu'elle avait jugée digne de l'artiste, elle l'acheva d'un coup et la signa fièrement en se donnant avec éclat.

Au lieu de laisser un à un tomber ses voiles, en gardant le dernier de tous, qui donne toujours au corps je ne sais quoi de trivial : pure comme l'antique et noble comme lui, elle apparut glorieuse dans sa nudité, choisissant son attitude pour succomber, et restant souveraine, là où la plupart des femmes se révèlent esclaves.

.   .   .   .

Il n'y a pas à dire, c'est pourtant à la marine française que revient l'honneur de cette victoire-là.

PETIT-CREVÉ

Petit-Crevé se décollète avec grâce, porte la raie au milieu du front, frise ses cheveux et les parfume, épile son menton et cire sa moustache. Son teint délicat connaît les douceurs de la poudre de riz et les subtilités du blanc de perle. Il est raffiné, précieux, vernis, sanglé, et de tout point irréprochable.

Il n'a point la souplesse et le laisser-aller qui conviennent à la jeunesse ; pour lui, la mode est un tyran dont il subit les lois, et, à force de concessions au goût du jour, il finit par s'habiller comme un commis. Ses gants sont trop étroits, ses souliers sont trop justes et le font souffrir, ses cravates sont trop hautes ou deviennent imperceptibles, suivant la saison; il affectionne pour elles les couleurs tendres et les change aussi souvent qu'une femme fait de ses rubans. Hier, son col était un carcan immaculé qui l'emprisonnait, gênait ses mouvements, et le supplice était si cruel qu'il brisait les deux pointes empesées qui meurtrissaient sa chair. Aujourd'hui, il est décolleté comme une femme, et son cou délicat tourne avec grâce et se détache sur cette implacable blancheur.

L'habit est un chef-d'œuvre, il est à grands revers, se rabattant jusqu'à l'épaule; le gilet, à deux boutons, laisse à découvert tout le plastron de la chemise; il est parfait, inattaquable, pas un pli, pas une ride. *Petit-Crevé* s'est tenu raide dans sa voiture, assis juste dans l'axe, craignant de chiffonner sa parure, comme une femme qui va au bal, afin de donner au public le spectacle de cette immaculée splendeur. Ce n'est point un homme, c'est une châsse, une poupée de cire aux yeux battus.

Au théâtre, il apparaît dans une avant-scène, où il entre avec un grand fracas, remuant les fauteuils et parlant haut à la cantonade; avant de s'asseoir, il porte les deux bras en avant pour dégager ses manchettes, jette un regard oblique à la glace, donne un tour heureux à sa chevelure et fait des efforts pour maintenir le lorgnon rebelle qui lui meurtrit les yeux.

Quand chacun écoute attentivement, il plaisante tout haut, et fait se retourner les gens naïfs qui écoutent avec ferveur. Il sourit aux dames à la mode, fait un petit signe de la main à *Clara Casquette,* et, très-fier de saluer les célébrités galantes, scrute avec la lorgnette tous les recoins de la salle pour ne pas perdre un sourire de si précieuses personnes.

Petit-Crevé affecte un ennui profond, il
bâille mal, car il n'a point envie de bâiller, et il
attend impatiemment le ballet ou l'arrivée de
l'actrice à la mode. Tout ce qu'on joue est mor-
tel, la salle est bourgeoise au possible ; à l'entendre elle n'est composée que de boutiquiers
depuis le balcon jusqu'au paradis, et tous les
Benoîton de Paris s'y sont donné rendez-vous.
Public *impossible!* pièce *idiote!* acteurs *qui
n'existent pas!* Voilà qui est vite jugé, et il n'y
a point à revenir sur cet arrêt. Il n'a point
écouté un mot de l'œuvre nouvelle, il n'a point
suivi le jeu des acteurs, le public est le même
qu'en toute autre salle, et les interprètes sont
pourtant gens de conscience et de talent. Disant
tout haut sa sotte opinion dans les couloirs, il
marche sur les robes des femmes sans leur pré-
senter ses excuses, va passer son inspection à
l'entrée du balcon, la main en éventail à l'en-
tournure du gilet, lorgnant les gens avec per-

sistance, et se posant en fascinateur, appuyé au rebord des loges.

Il suit attentivement les cancans de coulisse, n'a jamais mis mademoiselle devant le nom d'une actrice, et n'aspire qu'à être distingué par l'une d'elle. Une intrigue à huis clos charmante et discrète ne saurait le tenter, il lui faut quelque affreuse Goton anguleuse et plâtrée dont les excentricités sont célèbres et dont le luxe est scandaleux. Il n'est point exigeant et sait faire des concessions, une telle liaison pose un homme et lui donne un certain relief. Le mot graveleux, les honteux propos, la démarche immodeste et la tenue grossière ont le don de le séduire. Les pâles chloroses et les maigreurs ascétiques rehaussées de diamants et de riches parures l'attirent invinciblement. La force et la jeunesse, la fraîcheur et la santé, la tenue décente· et le maintien réservé, ne sont rien pour lui.

8

Petit-Crevé ne s'intéresse point aux œuvres de l'esprit, ignore les beaux-arts, méprise tout ce qui vit modestement et sans fracas ; il compte pour rien tout ce qui produit et tout ce qui pense, et, comme il est ignorant et futile, il ne sait pas ce que coûte la production, et flétrit d'un mot qui a l'air spirituel les choses les plus louables et les plus nobles efforts.

Le livre nouveau, le tableau célèbre, la découverte récente, l'idée qui fermente, sont pour lui lettre close ; il bâille à la symphonie et s'endort à la Comédie-Française ; il lui faut les flons-flons vulgaires et les plats refrains, l'argot de théâtre et le ballet épileptique, l'œillade des marcheuses et les lazzis des pitres. Il sifflait les *Troyens* et condamnait l'*Alceste*, mais il fredonne les couplets de Thérésa, et se pâme à l'*Œil-Crevé*.

L'homme de mérite discret et recueilli n'est point son fait, il lui faut l'oisif opulent et le viveur en renom, il marche dans son ombre et suit son sillon, il a sans cesse à la bouche le nom de quelque célébrité tapageuse qu'il fait sonner bien haut et dont il se fait le complaisant satellite.

Plein d'exagération dans son langage, il se manière en toute chose ; il compte par louis, comme au bon temps, appelle ses amis *mon bon!* et ajoute *sterling* à la fin de chaque phrase : « J'ai une faim *sterling*. J'ai rencontré Panama : elle a acheté deux chevaux *sterling*. Sa canne est une canne *rayée*, il vient de faire un dîner *rayé*. » Son père est un *bénisseur* et les gens simples et bons sont *crevants*.

Jamais un mot sincère, jamais un épanchement naïf ; jamais un sentiment vrai ; des futilités sans fin, des cancans vulgaires et des nouvelles sans saveur. Sa conversation est vide à faire horreur et roule sur les banalités les plus plates ou les idées les plus nauséabondes. Une

livrée de bon goût, un équipage bien tenu, la
belle allure d'un cheval et la hardiesse d'un
cavalier, sont choses séduisante set qui ne man-
quent pas d'intérêt, même pour ceux qui vont
à pied ; mais *Petit-Crevé* n'a même pas
d'imagination dans son luxe, et ne met ni
esprit ni passion dans ses plaisirs ; il n'invente
ni ne crée, n'ordonne ni ne dispose, et comme
il trouve des opinions toutes faites, et colporte
des mots qui ne lui coûtent rien, il n'a pas un
nœud de cravate qui lui soit particulier.

Sa paresse est écœurante, son oisiveté sans
poésie, son dévergondage est lâche et sot, sans
intérêt et sans excuse.

Petit-Crevé est un fanfaron de vice, il garde
son chapeau devant les femmes du monde qu'il
ne trouve pas *drôles*, et se vautre sur les cana-
pés ; il méprise le sexe tout entier : femme, fille
ou veuve, et ne croit plus à la vertu ; il parle
tout haut, tranche sur toute chose et juge

sans appel. Il ne sait pas sacrifier son cigare à la meilleure société, et quand par hasard il ne s'esquive point après le dîner, il met sur le tapis les beautés scandaleuses qu'il propose comme des modèles de goût et de bonne tenue. Il sait, à cent francs près, ce qu'a coûté le collier de perles d'une actrice et la paire de chevaux qui traîne une dame en voge; il jure ses grands dieux que Clara ne porte point de faux cheveux et ne se noircit pas les yeux. Il est la Gazette des boudoirs, le Moniteur des coulisses, se charge de demander à Boulotte de quelle étoffe est faite sa robe du quatrième acte et qui lui fournit ses chapeaux. Il donne les détails les plus circonstanciés et les plus intimes sur les femmes légères, dit le nom de leurs tenants, annonce les changements de pouvoir et colporte les détails inédits du dernier dîner des Provençaux.

Il a encore des idées arrêtées sur les formes

8.

des robes et la qualité des étoffes, n'a jamais
confondu le barége avec la gaze de Chambéry,
parle des casaques Mazarine et des robes Cam-
pana avec un incroyable sérieux et fait une
étude approfondie des plus menus détails de la
toilette féminine.

Il sait à quoi s'en tenir sur le mérite des
bonnes faiseuses, tient pour Laferrière contre
Mme Compoint et va s'attabler chez Worth ou
chez Camille pour aider de ses conseils quelques élégantes que préoccupent jusqu'à l'excès
les soins de leur parure.

On le voit méditer en face de l'étalage de
Dusautoy, ou lisant attentivement les étiquettes à la devanture de Guerlain ; il tient des con-
férences avec son pédicure et son tailleur, et
quitte à regret son miroir.

Les gens de loisirs et de fortune développent
souvent des côtés virils, et rien n'intéresse plus
qu'un homme du monde doué de quelque

esprit: il plane sur les coteries, s'élève au-dessus des préjugés de castes et de rangs, oublie les
dissentiments de métier et néglige le petit côté
des questions. Que de fines causeries, que d'esprit répandu, que de saillies heureuses, que de
brillantes qualités et quelle fantaisie! Souvent,
adossé à la cheminée d'un cercle, au sortir
d'une représentation ou après la lecture du livre
en vogue, un homme du monde fait, en se
jouant, une vive critique ou un délicat éloge de
ce qu'il vient d'entendre et de lire, et l'esprit
français, la fine causerie qui furent si longtemps notre gloire, ont encore de vaillants sou-
tiens. Mais *Petit-Crevé* trouve toute discussion fatigante et toute causerie ennuyeuse; il
s'esquive et cherche un partner à qui raconter
les cancans de château et les futilités de son
singulier monde. En revanche il excelle à conduire un cotillon et rédige assez bien un menu;
voilà son vrai mérite et sa vraie gloire.

Les femmes elles-mêmes qui passent blanches et roses dans les flots de mousseline, les yeux brillants, les nuques rosées, les petites mains blanches avec des veines bleues, ne sauraient l'émouvoir ; ses seules jouissances sont celles de la vanité, et il place la sienne dans une notoriété scandaleuse qui ferait la honte d'un homme doué d'un peu de sens moral.

Ce n'est pas même un viveur, il n'a ni le rire large des tempéraments robustes, ni la gaieté de bon aloi du jovial compagnon, ni les ardeurs nerveuses des natures excessives ; il est sans gaieté, sans santé, sans fantaisie ; il s'ennuie, il bâille à tous les points cardinaux et aspire à je ne sais quel âcre plaisir qui n'a d'autre attraction que de n'être point celui qu'il vient de goûter.

Il n'a ni morale, ni religion, ni croyance ; la séve de la jeunesse, comme un vin généreux, n'a jamais fermenté dans ses veines ; vieux à son aurore, il n'a jamais senti battre son cœur au mot de liberté, et, à l'heure sacrée des vingt ans où l'on voudrait que l'humanité tout entière s'embrassât dans une fraternelle étreinte, il n'a jamais vu passer dans un ciel radieux l'ange de la Concorde, un rameau d'olivier à la main.

Pas de passions ardentes, pas d'utopies généreuses, pas d'épiques désirs; l'injustice et la trahison ne le font point se lever, il ne se révolte pas au cri de ceux qu'on égorge. Les peuples peuvent secouer leurs fers et fouler aux pieds leur linceul : rien ne tressaille en lui, rien ne s'émeut, rien ne se brise.

Sa vie n'a pas eu de fleurs, même au printemps; l'amour, avec son doux cortége d'illusions et son adorable folie, n'a jamais précipité les battements de ses artères et fait refluer son sang vers le cœur. Les voix harmonieuses qui s'éveillent dans la nature n'ont rien murmuré à

son oreille, les reflets de pourpre du soleil d'a u-
tomne n'ont point embrasé son âme et fait naître les inquiets désirs.

Pauvre *Petit-Crevé*, je te plains, tu ne sais
pas la volupté des larmes et les ivresses du rire,
tu n'as point couru les cheveux au vent, le front
humide et la lèvre ardente, et te faisant des fêtes
sans fin en face des traînes verdoyantes et des hal-
liers pleins de lumière, cueillant à pleine main
la fleur de l'aubépine et les branches des églan-
tiers, épiant la nature au réveil, brisant du front
les fils argentés qui barrent le chemin dans les
sentiers mouillés par la rosée.

Ton âme est sèche et froide, tu aimes par
vanité des femmes plâtrées qui ont passé de
main en main ; et, parvenu aux années où tout
s'apaise, tu ne peux pas regarder en arrière avec
une douce émotion, ouvrir comme un trésor
ton cœur tout plein de souvenirs.

Petit-Crevé, être métallique et prudent, tu

te gardes de l'enthousiasme comme d'une folie dangereuse, tu brises les saintes images comme un iconoclaste, tu renverses les statues et tu railles ceux qui croient encore à quelque chose. Pauvre ignorant, ne sais-tu pas que nous nous agitons et qu'on nous mène; tu ne permets à ton cœur que les pulsations légales et tu ignores que rien n'est bon ici-bas que d'aimer, rien n'est bon que de croire, et que *le seul bien qui nous reste au monde est d'avoir quelquefois pleuré.*

La Grande Actrice.

LA GRANDE ACTRICE

Grande, mince, altière, dédaigneuse, jolie comme un ange et futile comme une poupée. — On a essayé de lui percer le cœur, il en est sorti du son. — Elle a répété d'avance ses mots, ses gestes, ses poses et ses plis; se garde d'être spontanée, naïve et vraie, raille toute chose et cache une larme qui vient à sa paupière, comme on cache une tache à sa jupe.

Sans élan, sans naïveté, sans foi, elle vit pour la foule qui passe et pour la galerie qui l'épie; elle a fait un pacte avec le monde, et signé un engagement indissoluble : elle tient les premiers rôles, et joue les grandes coquettes. C'est une actrice celle-là, et une grande actrice ! Toujours en scène, toujours sous les armes, ne manquant jamais ses entrées, et soulevant, dès qu'elle apparaît dans un salon, un murmure d'admiration. Elle a ses séides et ses claqueurs, ses chevaliers du lustre fiers de lui parler et de lui sourire, Sigisbés sans désirs, condamnés à une admiration sans trêve et voués à un culte sans espoir.

Cent jours durant, chaque soir, malgré les mélancolies de la vie, malgré ses fardeaux et ses peines, l'actrice, la vraie, celle du théâtre, — va sourire ou pleurer, chanter ou maudire. Que ce soit Marivaux ou d'Ennery, Labiche ou Molière, Glück ou Offenbach, il faut dire sans fatigue et sans ennui, soigner son geste et sa pose : la foule est là recueillie, sévère, cruelle parfois, capricieuse toujours, prête à vous faire

sentir, à vous les plus aimées et les plus célèbres, qu'on ne se joue point du tyran public.

Et pour la centième fois, aux éclats de la
rampe qui leur brûle les yeux, aux bouffées de
cet air impur qui s'engouffre sous le rideau :
attentives, impassibles sous les mille regards,
elle redisent le même vers de bronze de Cor-
neille ou la même phrase épileptique du Palais-
Royal, en pensant aux soirées paisibles, à l'air
pur, aux eaux limpides qui reflètent les rayons
argentés, à la liberté qu'elles ont aliénée autant
par nécessité que par vocation.

Pour ma *Grande Actrice* à moi, pas de *dédit*
possible : elle a choisi volontairement son emploi et son rôle plus fatigant cent fois ; elle est
riche, elle est noble, elle est aimée, mais elle
n'aime point, elle. Ce qu'il lui faut, c'est le
public, gentilhomme ou vilain, c'est celui qui
passe, c'est vous, c'est moi, c'est la foule enfin,
qui va l'estimer des pieds à la tête et de la tête

aux pieds, regardant les attaches des mains, la ligne des épaules et la cambrure du pied, comme on examine un cheval : sans la faire rougir et sans la rendre interdite.

Elle rentre du bal à l'aube du jour, et pâlie, brisée, fiévreuse, mais souriante et défiant la lorgnette du spectateur, elle va reparaître à midi à quelque mariage, à la Madeleine ou à Saint-Thomas-d'Aquin. La voilà, une rumeur légère annonce sa présence, elle entre en traînant ses longues jupes sur les dalles.

C'est Célimène qui va passer sous le feu des regards.

Elle s'incline sur le prie-dieu, et, par un regard habile, sait si le public est content. Elle a tout vu dans un éclair, les volants d'Alençon de celle-ci et les dépits de celle-là, les Chantilly de l'épousée et sa pâleur de vierge.

Le public, lui, change constamment et ne se fatigue point. Elle, rentre dans la coulisse, et va jouer une autre pièce avec un costume nouveau. Le jour avance, c'est une vente de charité d'où la charité est absente et où la vanité est reine; puis c'est le Bois, la lente promenade autour du lac, indolemment couchée sur les coussins.

La nuit venue, tout change encore, et le théâtre et la toilette, et Célimène est toujours en scène, excédée sans doute; mais soutenue par l'effort nerveux de ce rôle toujours le même et toujours nouveau pour elle. Si elle succombe sous la fatigue, elle se relève par les applaudissements et le dépit des rivales, apparaît aux scintillements des lustres, aux accords de l'orchestre; toujours sous le feu des regards, savourant l'encens, passant au milieu du monde sans rien lui donner et sans rien lui prendre que ses vains compliments et ses banals hommages. La rose de son bouquet est moins vaine, le camélia de sa chevelure, la fleur sans parfum, a plus de saveur.

Les bougies pâlissent, les bouquets s'étiolent, les danses languissent, les visages se coupe-rosent, on étouffe dans ces salons; la *Grande Actrice* va sortir avec fracas, minauder dans la salle d'attente, disposant savamment sa sortie de bal et jetant un regard en arrière pour re-cueillir un dernier regard et une tardive admi-ration.

L'aube blanchit le ciel, les chevaux qui gre-lottent sous le froid, piaffent en dressant les naseaux à l'orient; elle rentre au matin, les yeux cerclés et le cœur vide, sans chaleur au front, sans amour au cœur, elle jette un regard au miroir et s'endort lourdement, sans même penser à épier dans son sommeil d'ange son frêle enfant qui dort loin d'elle sous les rideaux de satin.

Mais avant de fermer les yeux, déjà dans l'effort du rêve, elle a repassé la première scène du rôle qu'elle va jouer le lendemain.

Et l'âge viendra cependant!

Sa futilité avait une excuse, sa jeunesse; une compensation, sa beauté : le front se ride, la joue se creuse, elle va venir encore au feu de la rampe mendier les bravos, quêter les sourires et les hommages. Mais on ne pardonne pas à une femme de vieillir quand elle n'est ni mère, ni épouse, ni sœur, et celle-ci n'est rien de tout cela, c'est la *Grande Actrice* des salons parisiens.

Quel lugubre spectacle, quand on verra s'agiter dans ce tourbillon cette femme fardée, qui court après le monde qui la fuit, toujours aussi avide de succès et de louanges, et trouvant une peine de plus dans chacun de ses souvenirs!

SON ALTESSE

Villageois, bourgeois, manants et vous étrangers et buveurs d'eau, sachez que très-haute, très-gracieuse et très-irrésistible dame, Princesse de Hautecombe, de Saint-Pierre d'Albigny, et d'une très-grande quantité d'autres lieux, a passé les monts et vient embellir de sa présence ces bois, ces rochers, ces fontaines et ces bosquets.

Demain, dès l'aurore, la couleuvrine du chalet, par ses salves répétées, annoncera donc l'ouverture de la fête. Les barrières du parc se-

ront franches, vous pourrez fouler les pelouses
et voir sans contrainte le modeste asile que la
princesse s'est choisi au milieu de vous, dans
ce séjour de la paix et de la simplicité.

Bientôt vous serez admis à défiler devant
elle : livrez-vous à la joie, soyez même un peu
fiévreux dans votre allégresse. Les cris que nous
entendrons avec le plus de plaisir seront tout
simplement ceux de « Vive son Altesse ; » —
vous pouvez ajouter « Impériale , » cela ne sera
point regardé comme séditieux.

Le trône de nos cousins sera dressé dans la
grande allée, près du chalet ; votre gracieuse
châtelaine sera accompagnée de nobles étrangers que vous ne connaissez pas. Les bardes
chargés de chanter ses louanges, ceux-là même
qui composèrent son dernier épithalame, seront
groupés autour d'elle, la lyre à leurs pieds, les
cheveux épars, dans l'attitude de l'inspiration.

Depuis l'allée dite des *Méditations poétiques*

jusqu'au rond-point de *Sainte-Hélène,* les arbres seront parés de guirlandes ; là s'élèvera un arc de triomphe d'un goût irréprochable, décoré d'écussons symboliques, de devises galantes et d'inscriptions pleines de cœur. Cette décoration, due à la munificence de celle à qui vous devez déjà tant, lui est spontanément offerte et dédiée par la généreuse population de ce village. Le soir un brillant feu d'artifice sera tiré sur la pelouse et toutes les maisons seront illuminées.

Il est bien entendu que vous laisserez déborder votre enthousiasme et que vous donnerez des signes non équivoques de la joie la plus sincère. Répétons tous d'une commune voix :

« *Vive notre spirituelle bienfaitrice !* »

« *Vive son Altesse Impériale !* »

Son Altesse s'avance au bras de son tuteur, les bardes aux cheveux flottants saisissent

leurs lyres, les airs retentissent de cris joyeux,
des détonations se font entendre, l'allégresse est
au comble.

La princesse, le diadème au front, s'assied
sur le trône de ses cousins, — qui sont loin
d'être germains ; — elle est émue, porte convul-
sivement son mouchoir à ses lèvres et agite son
éventail ; elle répond au discours des notables,
d'une voix douce, accompagnée de minauderies
pleines d'une grâce enfantine, saisit son lorgnon d'or : et le défilé commence. . . . . .

. . . .

La princesse de Hautecombe est jeune encore,
de cette seconde jeunesse qui dure plus longtemps que la première, la seule — entre nous —
du reste pour une Parisienne étrangère un peu
intelligente.

On ne décrit point cette physionomie mobile
et changeante, ces roucoulements, ces petits
soubresauts et ces câlineries du geste, ces atti-

tudes de chatte royale qui boit du lait sucré et qui sait qu'on la regarde.

Les yeux, — qui ont beaucoup à faire, — sont noyés dans le vague ou pétillent comme la flamme, à volonté ; le geste est celui d'un baby qui ne veut pas être grondé, la voix est mielleuse, le port est bon enfant et sans pose ; la toilette est sans détours.

Son Altesse, qui a beaucoup d'ambition et pas une idée fixe, n'est pas née pour la retraite et pour l'oubli du monde, elle tire à tout moment la Renommée par sa jupe et la Renommée, bonne fille, sonne de la trompette pour elle.

Alors qu'elle était enfant, l'amant de Lisette lui apprenait ses refrains inédits, et le chantre des *Paroles d'un croyant*, adoucissant pour elle son regard fauve, la faisait sauter sur ses genoux et lui apprenait à épeler dans l'Évangile Humanitaire.

Elle grandit, toujours frêle et malingre, en-

fant gâté, follette, volontaire, se faisant tout
pardonner par une câlinerie, folâtrant et minau-
dant comme une innocente bergerette de boudoir qui, déjà demoiselle, met encore son petit
doigt dans sa bouche en disant : « Je veux tirer
les moustaches au monsieur, na ! »

Depuis, hélas! la bergère a mangé tous ses
moutons, c'est vrai, mais elle a gardé néanmoins
ses gestes de gros bébé câlin. De son innocence,
il lui reste ses petits airs de tête et ses mots enfantins, de sorte qu'on cherche toujours le bourrelet.

Comme elle avait l'esprit vif, elle fit des sonnets à seize ans ; à dix-huit ans elle joua des
proverbes; à vingt elle brandit le fouet de la
satire et décocha des flèches ; à vingt-cinq elle
se frotta aux *Guêpes* elles-mêmes ; et comme
elle avait déjà épuisé beaucoup de choses, elle
se mit sur les trente ans à faire de l'opposition.

Le cap Misène de cette Corinne fut un salon
bouton d'or sur les hauteurs de Moncey. Elle
fut la Récamier au petit pied de la queue du
romantisme et déposait sa lyre, sur les minuit,
pour donner du thé à la jeune école.

C'était une époque troublée, la république
des lettres était éprouvée, cette jolie citoyenne
en bas bleus voulut avoir son petit Golgotha à
elle seule, comme les illustres ; mais on s'obs-
tina à le lui refuser en haut lieu. Elle se tressa
alors de ses propres mains une petite couronne
d'épines mêlée de myrtes et de lauriers, en en-
toura son diadème à dix rangs de perles et fit
ses malles.

Elle y mit beaucoup de robes blanches, tous
les proverbes de Théodore Leclerc et ceux de
Feuillet, des grâces, des raquettes, des volants,
tous les petits journaux de théâtre, énormément
de corsages décolletés et une bonne tragédie en
cinq actes, bien alexandrins ; puis, dès qu'elle

sut *Raphaël* par cœur, pour être bien en situation, elle se choisit un calvaire bien gentil, entouré de montagnes, au bord d'un lac, bleu comme le lac de Côme.

De temps en temps, l'écho nous apportait des mots méchants, des refrains de vaudeville et des brochures ornées du portrait de l'auteur avec sa couronne et son collier de perles ; on faisait de l'opposition en deux actes mêlés de couplets.

C'était charmant, on recommença la cour de Ferrare, et, comme c'était la route d'Italie, on devint le but d'un petit pèlerinage à deux temps avec un très-bon orchestre, pas de refait, pas de double zéro.

Ce n'était que promenades sans fin, perpétuel Décaméron sous un ciel clément constellé d'étoiles, voyages aux rives heureuses favorisés par des vents propices qui enflaient les voiles : on abordait aux rochers muets et aux grottes profondes : un nautonier classique, qui avait des palmes vertes à son collet, tenait la barre.

Le ciseau, le burin, la plume célébrèrent à l'envi ces nuits heureuses, et Corinne reconnaissante voulut, au bord de ce lac propice aux méditations poétiques, élever son petit monument littéraire (*Édition populaire à 1 franc,*— *septième édition*) que le temps n'a pas épargné et qu'il fera peut-être mieux maintenant de ne plus rajeunir.

Experte en artifices, elle mit sa gloire à apprivoiser les fauves, et sa joie à voir les illustres se débattre dans son lazzo de satin. D'autres avaient pris la hauteur de Célimène et la savante perfidie des aventurières ; elle choisit la bonté sincère et la bonhomie touchante. Son bourrelet lui fut très-utile vis-à-vis des austères et des forts qui se sentaient désarmés par cette faiblesse et cette grâce enfantine.

Dès qu'elle avait en face d'elle un lion, quelque chose de solennel et de grand par le nom, par la fortune, par le succès ou par le génie, il lui sembla que c'était son droit de le voir à ses pieds, et il y fut.

Cette jolie Circé, enfantine et myope, eut des expansions virginales, des mélancolies indicibles, et subjugua bien des cœurs. Devenue l'Égérie du prince des classiques, celui-ci vit, par une singulière antithèse, le romantisme couler à plein bord dans sa vie. Des financiers puissants, qui avaient du ventre et qui étaient ensorcelés, chaussèrent sans résistance le cothurne et portèrent le maillot collant pour lui donner la réplique ; elle fit même porter le *Bougeoir* — celui de Caraguel, s'entend — à des législateurs qu'on croyait plus sûrs d'eux-mêmes et à tout jamais à l'épreuve des séductions féminines.

Mais ce n'était pas assez. La grande dame était doublée d'un petit journaliste, et les lauriers du *Figaro* l'empêchaient de dormir.

Comme elle était entrée par la grande porte, là où les écrivains indiscrets étaient condamnés à regarder par le trou de la serrure, elle savait beaucoup de choses ; elle se mit à inquiéter les grands par ses Echos et par ses Coulisses, et jamais *Reporter* audacieux n'escalada plus effrontément le mur du puissant voisin.

On se doute bien que les femmes qui la voyaient entourée, ne l'aimaient pas ; elles craignaient sa plume acérée. Elle eut alors une petite cour de paladins qui la vengeaient des ironies de ses ennemies, qui parlaient de son cœur après avoir parlé de son esprit, et vantaient sa bonhomie et sa bonté réelle pendant qu'on remettait les carreaux cassés rue de Bourgogne.

Son incroyable activité d'esprit et sa volonté de tout embrasser contrastaient avec ses torpeurs apparentes ; elle traversait l'Europe comme on va au bois, et semblait avoir le don

d'ubiquité, faisait alterner les plus hautes con-
sidérations politiques avec le *Musée des grues*,
sautait de son piano sur son chevalet et écrivait
Va-t-en ville après avoir modulé de plaintives
romances, *Souffrances de l'exil*, et collaboré
avec Schubert.

Elle accouplait les idées les plus diverses,
tutoyait les arts les plus opposés avec le sans-
façon d'un amateur, la témérité d'une jolie
femme et l'impétuosité d'un enfant terrible. Un
jour elle parla latin dans une Revue Saumon à
propos de l'union Ibérique et des alliances
royales, et demain elle fera concurrence à Al-
bert Blum au Châtelet.

Qu'on s'arrêtât à Nice, à Bade, à Vevey,
à Ischl, à Florence ou aux Eaux-Bonnes ; à
l'hôtel, au Casino, dans les villes d'Eaux ou
les stations d'hiver, on était toujours sûr de
trouver sur le guéridon, en ouvrant la première
feuille venue, un article signé du nom de ce

joli folliculaire qui porte la couronne fermée.

Inattendue, originale, spontanée, incohérente comme l'*Œil crevé,* décousue comme une princesse d'Hervé, très-souple, se renouvelant peu cependant malgré ses nombreuses incarnations, ne doutant de rien, au courant de tout ou à peu près, ayant des notions vagues sur une foule de choses, d'une confiance folle en elle-même par naïveté pure, capable de demander sans rire à Buloz la succession de Forcade, et de se rabattre sans rancune et sans fiel sur la *Revue de Monaco,* elle réalise l'idéal du gâchis charmant, de la macédoine blanche et rose, du pot-pourri en robe décolletée couverte de point d'Angleterre, qui s'appelle quelquefois une femme à la mode : — je suis sûr qu'on n'a jamais fait le ménage dans ce petit cerveau-là.

Enfin un jour, après avoir tout épuisé, tout discuté, la fédération, les jupes courtes, l'alliance

Prusso-Italienne, les corsages Marie-Antoinette, la régie des tabacs, le panslavisme, le papier monnaie, le désarmement, le spiritisme et la Nilsson, ivre de publicité et folle du pavois, elle se dit que le temps était peut-être vraiment venu de se faire un nom littéraire et de rappeler un peu l'attention publique égarée sur les choses du monde politique. Elle courut alors aux Cascines, ramassa des pierres plein sa robe et au moment où on s'y attendait le moins, les jeta à tort et à travers dans les vitres des palais du Lung-Arno. — Ce fut une orgie de verre pilé, le Bargello en trembla et de Turin à Venise on entendit le fracas : quelle discorde ! elle arma les fils contre leurs pères, les maris contre leurs femmes, les amants contre les maris, un peu étonnée du reste de tant de rumeurs ; car elle avait sonné le tocsin, comme elle aurait cueilli une branche de jasmin qui tentait sa jolie main potelée. — Et, avant la Saint-Barthélemy, comme après, elle était restée, au demeurant, la meilleure fille du monde.

Aujourd'hui, où qu'elle soit, il est difficile de ne pas la voir, encore qu'elle vive dans un repos relatif qui serait la fièvre pour les trois quarts des Parisiennes.

C'est sans doute grâce au privilége de la franc-maçonnerie des lettres que cette princesse de la petite presse qui a écrit son *Inflexible* et a plusieurs fois allumé sa *Lanterne*, justifiant toutes les représailles et appelant par ses rigueurs toutes les audaces de la publicité, a cependant toujours trouvé, ici et là-bas, la plume indulgente et miséricordieuse.

N'ai-je point moi-même frappé cette charmeuse avec une fleur ? Comment donc quelque bravo de lettres soudoyé au prix d'un baiser, ne s'est-il point embusqué sous le *Volto Barbaro* de quelque palais de Florence, armé de sa plume italienne affilée comme un stylet, pour venger dans un sonnet sanglant toutes les patriciennes de l'Arno ?

Au-dessus de sa réputation, cette Dalila italienne, qu'on a trouvé moyen de calomnier, n'a pas scalpé tant de Samsons qu'on a bien voulu le dire. Deux fois, solennellement, légalement, devant M. le syndic, elle a promené ses ciseaux sur deux têtes, — la dernière, aux fils argentés, était illustre et couronnée d'un laurier. C'est donc que Dalila a le *charme,* en dépit de ses ennemis ou qu'elle a des philtres puissants.

Près d'elle, on vit sans secousse, sans effort, sans lutte ; elle est facile et douce, égale, confiante, généreuse et spontanée. Elle cache bien ses griffes roses sous ses pattes de velours et elle les sort à propos pour venger ses amis. Elle a la logique du cœur, elle aime ceux qui l'aiment et il n'est pas très-sûr, malgré les apparences, qu'elle haïsse très-profondément. Enfin, grâce à ses airs de Galatée surprise, sa voix mignarde, ses mots enfantins, son incroyable mobilité et son apparente faiblesse, ceux qui sont dominés par elle restent étonnés de la supériorité de leur force et se persuadent encore qu'ils soulèvent les portes de Gaza quand ils sont chauves depuis longtemps déjà.

Le Bon Enfant

LE BON ENFANT

Dites-moi, je vous prie, vous qui connaissez votre Paris, quel est donc ce personnage qui s'avance le nez au vent, le chapeau sur l'oreille, bruyant dans sa démarche, l'air en dehors et la face enluminée? Il salue de la main à chaque pas, tire son chapeau à tout venant et, en un instant, je l'ai vu accoster plus de vingt passants.

— Ah! oui. C'est Chaumontel, le fameux Chaumontel! Vous ne connaissez pas Chaumontel?

— Voilà, je pense, un Chaumontel heureux de vivre. Et pourquoi « fameux, » je vous prie ?

— Mon Dieu... fameux... Ah ! c'est un bon enfant, celui-là !

— Sa figure, en effet, me revient fort. Et quelle est sa fonction ?

— Sa fonction... vous voulez dire son état. Eh bien sa fonction... Mais j'y pense, vous m'embarrassez fort...

— Tiens, il s'arrête encore. C'est quelque officier, sans doute ; en effet, ce ruban rouge, cette démarche...

— Officier, non pas, certes.

— Financier, alors ?

— Pas davantage ; ce n'est ni un savant, ni un diplomate, ni un artiste, ni un homme de loi. Que vous dirai-je, c'est Chaumontel, et nous l'aimons tous fort..... Un bien bon enfant !

— Je le vois, c'est un homme de loisir, il a

du bien ; un dilettante, un épicurien, quelque Mécène.

— Du bien, loin de là, dit-on ; mais c'est un sage. Pour ma part je l'ai toujours connu, tout le monde l'aime et il aime tout le monde. Il est tout rond, gai comme le soleil, et je ne sais point d'homme qui ait moins d'amertume ; il a le cœur sur la main, et avec cela la rude franchise du marin. C'est un homme très-répandu, comme vous voyez, nous le rencontrons partout, il est de toutes les fêtes et pend toutes les crémaillères. Paris n'a pas de secrets pour lui ; il a toujours vu les répétitions générales et sait toutes les nominations avant le *Moniteur ;* il connaît bien des secrets... s'il voulait parler, mais c'est une tombe... une qualité de plus. Je ne crois pas qu'il ait une occupation spéciale, à vrai dire, mais il trempe un peu dans tout, car il tutoie les chefs de cabinet aussi bien que les coulissiers, les journalistes et les acteurs. C'est

10.

un philosophe bien équilibré, sûr de lui et des autres.

Sa verve est intarissable, rien ne l'intimide et je ne connais pas de gaieté plus franche : un Roger Bontemps, un vrai Gaulois, celui-là ! Il a le mot un peu vif, l'anecdote salée quelquefois, mais il est toujours drôle et c'est un vrai boute-en-train. On lui passe bien des choses, il est si bon enfant.

— Voilà en effet un type, il me semble.

— Oui, vous l'avez dit, un type. Il nous faudrait beaucoup d'hommes comme celui-là. Tout le monde le goûte et tout le monde l'accueille, il nous manque quand nous ne le voyons point, mais jamais il ne s'éloigne beaucoup; c'est le plus franc Parisien qu'on connaisse, le commensal de toute maison un peu solide, l'ami des enfants; il fait sauter le petit sur ses genoux, fait des galiotes à la petite et distrait la mère. Il a, dans chaque arrondissement, son

couvert mis une fois la semaine, et on dînerait
mal s'il manquait au rendez-vous, on se l'arrache ; il faut s'inscrire et ne l'a pas qui veut.
On le dit porté sur plus d'un testament. Ses
relations sont très-hautes, mais il n'oublie personne et sait, au lendemain d'un festin de haut
goût, manger le pot-au-feu d'un ami modeste.

On le recherche pour lui-même, car il n'a
pas d'état de maison et son influence est nulle ;
il est l'ami intime de tout ce qui a un nom
dans les lettres, la finance, la science et les arts;
il appelle tous nos grands hommes par leur nom
de baptême, et dès qu'il naît une célébrité, il
l'a devinée d'avance, et vous le voyez se pro-
mener bras dessus bras dessous au boulevard
Bonne-Nouvelle. Vous trouverez sous ses saillies vives et crues un bon sens inaltérable ; il
n'est pas fier, pousse la bienveillance à son
extrême limite, et n'a que de bons procédés
pour chacun. Ce n'est point un Caton, mais

les Catons sont souvent bien moroses; il veut vivre en paix avec tout le monde, s'inscrit partout au moment propice, tient note des fêtes, des anniversaires et n'est en retard avec personne.

Que vous dirai-je de plus? Chaumontel, voyez-vous, est un de ces hommes impartiaux qui savent vivre au milieu des partis et garder la mesure en toute chose. Il sait se baisser pour ramasser une épingle. Je ne le donne pas pour un homme imprévoyant, mais c'est un véritable indépendant qui a un pied dans tous les camps et qui, comme un bon enfant qu'il est, ne veut faire de peine à personne. Il est heureux du succès d'un ami comme du sien propre; aussi le complimente-t-on volontiers du succès des autres. Approchez si vous voulez et vous verrez que quand on l'aborde, on lui demande des nouvelles de nos célébrités avant de lui demander des siennes propres; il se fond dans les autres, tant il est désintéressé. Mais je vous quitte et ne veux point passer sans serrer la main d'un aussi bon enfant.

Ah! j'ai oublié ceci et vous l'ajouterez à tout ce que je vous ai dit déjà : il est l'ange tutélaire de sa famille et c'est le modèle des fils. Il aime bien son père !

. . . .

— Quoi ! vous aussi, l'homme austère, vous connaissez ce Chaumontel ? Vous l'avez salué, ce me semble.

— En effet, et comment ne le connaîtrais-je point ? Ses amis sont aussi nombreux que les étoiles du firmament.

— On me l'a dit à l'instant même ; c'est, paraît-il, un bien bon enfant.

— Oui, un bon enfant, vous l'avez dit, et n'est pas son ennemi qui veut.

— Alceste, je vous vois sourire. Ce bon enfant...

— Est franc comme l'or, mais souple comme l'osier ; on le dit l'ami de tout le monde, mais je vous affirme, moi, qu'au fond il n'est l'ami de personne. Sa rude franchise est simplement de la brutalité, sa libre désinvolture une façon d'être assez grossière, son rire sonore est une spéculation et sa sincérité une mise de fond. Il cote les gens et les estime pour ce qu'ils lui rapportent en intérêt ou en plaisir.

Chaumontel est prudent et politique, et cet homme à l'œil ouvert qui, de si loin, salue les passants, devient tout à coup myope s'il aborde un honnête homme compromis : s'il y est contraint, il va à lui, mais parle de tout, hors du sujet palpitant, il annone, balbutie ou trouve quelque banalité qui ne le compromettra point.

N'attaquez pas ses amis en public, il est capable de se lever pour les défendre, si la galerie est bonne ; car il trouvera toujours une dupe pour s'écrier en plein cercle : « Ce brave Chaumontel, comme il défend ceux qu'il aime ! »

Celui-là sait le moyen de parvenir et place sa confiance à bon escient ; il aime boire frais et manger chaud, c'est son faible, et il recherche les maisons plantureuses. Les grands l'accueillent avec bienveillance, c'est un ami commode et facile à vivre ; il est si simple d'allure, qu'il ne saurait être exigeant pour les égards, et si bon enfant, qu'on n'a pas besoin de se gêner pour lui. Il monte avec le cocher et souperait à l'office si on était treize à table : on n'est pas moins fier. M. Jean lui donne les meilleurs morceaux, on lui fait goûter le punch et il complimente le chef après le repas.

Si vous le présentez quelque part il oublie qu'il vous doit son entrée, et comme il vous a vite dépassé dans l'amitié du maître, il est capable de vous proposer, avec sa bonté naturelle, de vous protéger auprès de vos anciens amis ; mais pour l'ordinaire il garde soigneusement

les avenues et ne présente personne. Ce Chaumontel indépendant, qui n'est la dupe d'aucun
parti, baiserait la main d'un homme en place;
l'officiel l'attire, et une Excellence est pour lui
un oracle. Il arrive à l'intimité des puissants,
leur rend des services, et comme il tutoie les
femmes à la mode, il a la logique du cœur, il
protége ceux qui le protégent, en tout bien tout
honneur.

Remarquez qu'il ne demande rien et n'aspire
à aucun poste; mais il ramasse ce qu'on laisse
tomber, profite des renseignements sûrs, et fait
une affaire sérieuse en tournant sa bague d'un
air distrait et en disant des gaudrioles. Sa dis-
crétion est un état comme sa santé est une force.
Les hommes opulents aiment à voir en face
d'eux cette face exubérante qui inspire la sé-
curité, et le *Bourgeois de Paris* l'invitait pour
ce qu'il appelait « son coup de dent. »

Cet homme insouciant travaille sans cesse,

même au milieu des plaisirs ; il salue à temps, et est à tout ; il a le don d'ubiquité, surveille tous les mondes, jette une sonde dans tous les fonds, se montre partout et ne souffre qu'on l'oublie nulle part, aux mariages, aux enterrements et aux premières.

Le bon enfant a résolu le problème de la chèvre et du chou ; il passe du foyer de la Comédie-Française aux coulisses des Variétés, rend ses soins à la *Belle Hélène*, après avoir marivaudé avec Célimène, et, voyez s'il est sans façon, tout homme arrivé qu'il est, il se laisse appeler « mon petit » par Hamburger.

Cet homme, heureux du succès des autres, arrivé désormais, s'irrite de ce qu'on parle toujours de ses amis célèbres et jamais de lui-même ; il a un cancer dans le cœur, il maigrit en secret de l'embonpoint d'autrui. Cet ami sûr, dont le couvert est mis partout, quitte, comme le rat, le vaisseau qui va sombrer, n'aime pas les gens malheureux et ne peut se résoudre à s'asseoir au chevet d'un malade, tant il est sensible.

— Mais voilà, savez-vous, un portrait bien sévère. Vous ne savez point qu'il aime beaucoup son vieux père, ce bon enfant.

— Le bon enfant, c'est vous, et son père est mort depuis bien des années, et Dieu sait ce que ce vieux père-là lui a rapporté et lui rapporte encore tous les jours.

Rubens.

C'EST UN RUBENS!

Un vrai Rubens! — Du blanc, du blond, du rose, et deux points bleus humides qui roulent; des cheveux soyeux, couleur de blé mûr et faits pour flotter sur des torrents de chairs laiteuses, des cascades de plis et de jolis bourrelets flamands ennemis du Benting; et cependant, une taille mythologique et des extrémités fines : tout cela, faisant un ensemble lascif et tentateur qui repose des pâles chloroses, des beautés nerveuses et littéraires, et qui rassure les yeux par la force et par la santé.

La note dominante de cette symphonie en blanc majeur qui crève de pléthore, c'est la coloration, claire et riche, carnation unique qui se raille des fards et méprise le blanc de perle. Ces « *régals de chairs nacrées,* » ces « *débauches de blancheurs* » font invinciblement penser aux éblouissantes *Femmes Damnées* du maître, qui entrelacent leurs torses de neige à la Pinacothèque de Munich. — Décidément, c'est un Rubens !

C'est un Rubens ! — Un symbole du Matérialisme moderne, la Vénus du siècle. Pas beaucoup de talent, mais quelles chairs ! — Et si bonne fille ! La dernière probablement, car les temps sont durs. — Elle aussi du reste, et c'est sa force.

Sa seule vue fait rêver les foules et émérillonne la joue des « fauteuils d'orchestre. » Le petit club la comprendra plus tard — avec l'âge. Chacun son tour, — à l'*Union* d'abord.

Cela vient on ne sait d'où : ce n'est ni parisien, ni faubourien, ni français même. On ne pousse pas plus loin l'absence de ce qu'on appelle le *chic*, le manque d'intention, l'ignorance de nos conventions plastiques : c'est une belle fille *nature*, avec des gestes faux et un gros rire sonore et sans détour.

Elle est descendue du Nord — comme la lumière — blanche comme les neiges de ses steppes et les camélias des serres de Newsky, toujours énervante et jamais énervée, saturée, repue, gonflée de primeurs mûries sans soleil, gavée de champagne, couverte de diamants, tout imprégnée de ce luxe asiatique qui ne prend des grandes civilisations que ses bouillonnements et ses excès, enlève leurs divas, débauche leurs ténors et met la plus forte enchère sur leurs courtisanes.

Elle sue le luxe, et un luxe moscovite, inutile, elle se baigne dans du Montebello et taille ses robes, jupes et corsages, en plein dans le Chantilly. Sa chambre fait rêver les bourgeoises, elle est tendue de satin bleu turquoise, et le lit est un trône qui se perd dans des nuages de dentelles.

Dans le demi-jour céleste de ce gynécée, elle s'assied à sa toilette en robe de chambre de satin bleu ouverte sur le devant et montrant un jupon à huit rangs de Malines. Les babouches sont bleues, et autour du cou blanc se détache un collier de ces pierres azurées qui sont les talismans des Indiens.

Et ce sont des fleurs, des cartes blasonnées, des billets du matin, des présents! Les valets de pied attendent dans ce vestibule d'escalier, célèbre par ses tapisseries uniques et ses grandes plantes exotiques. — Hier, devant la porte de l'hôtel, on ouvrait quarante caisses mouchetées d'aigles noirs à deux têtes, marque d'immunités diplomatiques, dont la seule vue fait rentrer dans leurs gaînes les sondes des douaniers.

Mais, tout à coup, — contraste étrange, — au milieu de ce luxe apparaît une vieille, bien modeste, bien pauvre, bien humble, qui murmure un mot à son oreille. — Personne n'existe plus. Elle pâlit, jette pêle-mêle satins, dentelles, diamants et colliers, frappe sur un timbre, demande un fiacre vulgaire alors qu'on entend ses chevaux hennir dans ses écuries; et prenant à la hâte une robe noire, un chapeau sombre, elle noue ses cheveux, bourre ses poches, et part haletante. — Sa mère est malade! Elle gravit les escaliers quatre à quatre, et s'installe au chevet, attentive, recueillie, dévouée.

Mais la crise est passée. — En avant les jolis viveurs! Les chevaux l'emportent éblouissante et parée, sûre d'elle-même, confiante, naïvement satisfaite et forte d'un tempérament sans nuages qui déroute la psychologie, confond l'observation et rend le scalpel inutile. Ne cherchez pas, ne sondez pas, n'étudiez pas; cela vit, cela se meut, cela palpite : c'est du sang, c'est de la chair fraîche, du blanc, du rose et des appétits. — Il n'y pas de place pour la mélancolie. — Savez-vous que c'est une force cela !

La *Belle Hélène* tenait l'imagination en éveil, l'intention était perfide, raffinée, savante, il y avait là une lueur, une science de composition : c'était croustillant, vif, passionné, très-moderne, ironique, sentimental même à son heure, frétillant comme la mousse du Clicquot et spirituel comme le vin de France; un geste était un poëme, un clignement d'œil dénonçait une allusion maligne, et toute la salle avait compris; — sous la femme enfin, on trouvait l'artiste, qui valait mieux qu'elle, et le pavillon de l'esprit français était sain et sauf.

Mais cette belle Geneviève de Brabant couverte d'une peau de mouton, déboula sur la scène, parée de ses cheveux, de sa jeunesse et de

sa force, roulant ses yeux humides et langou-
reux; montrant sa poitrine « neige moulée en
globe », et dénonçant des fossettes comme un
gros amour lascif qui n'est pas de Clodion.
Alors... arrière les filles pâles! Arrière les Parisiennes nerveuses, blanches, avec un œil noir
d'où part l'étincelle. — Et elle fut la reine.

Elle n'avait pas besoin de parler ou de chanter; au contraire, on aurait dû la faire tourner
sur un pivot, en pleine lumière, sous le feu des
lorgnettes des gilets en cœur; et à l'apothéose,
elle aurait dû laisser tomber ses voiles sous un
rayon de lumière électrique. — Soyez tranquille, nous y arriverons.

Et *Tout-Paris* fit de ce gros *Cygne* du temps
une sorte de Vénus qui caractérise une époque,
la Callipyge du siècle des générations sponta-
nées, des vélocipèdes et du *Drame de Pantin.*

11.

GAZETIN

Le jour venu de se rendre vraiment utile à
lui-même, Gazetin, qui n'avait pu réussir à
rien, se dit : « Je vais me faire écrivain. » — Il
voulait dire qu'on verrait son nom dans les gazettes.

Il tailla sa plume, parla de celui-ci, de celui-
là, de la pluie, du beau temps, des enterrements, des mariages, des enlèvements, des duels,
de tout enfin à tort et à travers. Il démentait
aujourd'hui ce qu'il avait avancé hier, ressus-
citait un mort et tuait un vivant, nommait un

ministre, destituait un directeur, le tout sans
rien savoir d'authentique; cela faisait toujours
une dizaine de lignes, et on en causait tout un
soir.

Comme on n'y prenait pas garde et que personne ne contestait ce nouveau pouvoir, Gazetin se fit vite une notoriété; aujourd'hui il est
quelqu'un (beaucoup moins qu'il le croit sans
doute), mais c'est cependant un homme d'importance.

Il avait peu d'orthographe et manquait totalement de syntaxe, la lecture ne l'intéressait
point : cela lui servit à ignorer qu'une phrase
est une œuvre, qu'elle a son architecture et son
économie, et qu'on ne s'improvise point écrivain. Comme il était doué d'une certaine prudence, jointe à quelque esprit naturel, il ne s'a-
ventura jamais loin du rivage de peur de perdre pied, et on s'étonna de voir, qu'ignorant
tant de choses, il eût cependant l'art de parler

très-longtemps sans dire ce qui s'appelle une bêtise.

Il eut pour complices la futilité du temps et la lassitude des esprits, les longs ouvrages faisaient peur et la curiosité politique était émoussée, ou s'attardait aux faits divers. Ceux qui avaient beaucoup de talent avaient beaucoup de pudeur, et, par conséquent, n'osaient point se mettre en avant ; lui qui aimait le bruit et qui ignorait le danger, ne manquant pas non plus d'audace, éleva la voix, et voyant qu'on lui laissait la place libre, dit avec beaucoup d'aplomb : «Je pense. » — « J'approuve. » — « Je blâme, » parla de lui toujours, ne laissa rien ignorer de ses propres faits et gestes, mit à tout instant en scène des personnages que le public ne connaissait pas : et comme il parlait monté sur un piédestal, que sa voix portait fort loin, la foule, naturellement, l'entendit : on l'écouta, on retint son nom, et comme il est avide

de cancans et de scandales, le public demanda
à quelle heure ce gazetin montait en chaire. —
C'était désormais un homme célèbre.

Tout releva de lui : le roman, le drame, la
tribune, la science et la philosophie, il décerna
des couronnes et distribua des mauvais points.
Les danseuses lui souriaient, les ténors lui ti-
raient leurs chapeaux, les auteurs reconnais-
saient sa puissance, les poëtes les plus illustres
descendaient de l'Olympe et le remerciaient en
prose ; les gens du monde le voulurent à leurs
bals, les banquiers lui recommandèrent leurs
emprunts et les souverains leurs annexions.
L'Académie elle-même, que rien n'émeut, lui
adressa ses circulaires.

Gazetin perdit la tête et commença à regarder du haut de son mépris les écrivains ses
confrères, qui marchaient à pied.

Dès lors parut une littérature étrange, on ra-
conta chaque matin les scandales d'alcôve, les

bruits de coulisse, les échos des tripots et les bons mots des partageuses. On sut le budget des actrices et le menu des boursiers, la dot de celle-ci et les espérances de celui-là, les conversations privées et les secrets de famille : enfin le mur s'écroula et *Gazetin* trôna sur ses décombres.

Comme c'était un homme austère, il supporta difficilement d'entendre surnommer Aristide *le juste,* et se donna pour mission de rappeler les grands de toute secte au sentiment de l'humilité.

« Assez d'idolâtrie, s'écria-t-il, il est temps d'en finir avec les réputations surfaites! En quoi le poëte a-t-il mérité l'admiration ?..... D'ailleurs, sa physionomie ne me revient point..... » — Et partant de ce sérieux grief, Gazetin attaqua sans pitié ce que tout le monde révère et lacéra toutes les images.

Il se garda bien d'analyser, de discuter, il

nia. Voilà qui est sans réplique, et surtout voilà qui coûte peu d'efforts.

On eut beau cacher sa vie et ne se révéler que par des œuvres lentement et consciencieusement élaborées, ce ne fut pas assez d'être un honnête homme de talent et parfois un lumineux génie pour échapper à ses coups ; il atteignit l'individu par-dessus son œuvre, et, ridiculisant les plus dignes, les contraignit à sortir de leur solitude.

Ce gouailleur aimait à rire, il n'avait jamais connu la tyrannie des idées et les angoisses de la conception, il biffa d'un trait de plume les plus grands efforts et les travaux les plus considérables.

Tout ce qui était austère était « *assommant ;* » tout ce qui était grand et original n'était pas « *dans le mouvement.* »

Gazetin n'aimait pas les monuments et ne croyait pas aux statues : il ne put les renverser

toutes, mais du moins en souilla-t-il un grand
nombre.

A force de jongler avec tout ce qu'il trouvait
à portée de sa main, ce Gazetin, qui n'était pas
un bien méchant homme, perdit à tout jamais
le sentiment du respect, et comme il n'avait
jamais eu celui de l'admiration (ne connaissant
point le prix des efforts et n'ayant pas reçu le
don sacré de l'enthousiasme), son chant n'eut
plus qu'une note, la violence. Désormais, il
n'écrivit plus, il bava sur ses contemporains.

Un monsieur qui passait inoffensif, et qu'il
avait souillé, l'appela sur le pré: il s'y tint
ferme, car la galerie était là qui s'apprêtait à
rire, et comme il était devenu puissant, notre
Gazetin tenait à sa peau. Sa feuille prospérait,
redressait quelques abus, elle avait fait beaucoup de mal, mais elle faisait aussi un peu de
bien et on avait pris l'habitude de la lire. L'é-
crivain avait de l'esprit à tout prendre, s'il man-

quait de sens moral, il avait souvent les rieurs
de son côté ; d'ailleurs n'avait-il pas la lance
d'Achille, qui guérit les blessures qu'elle fait ?

La gazette devint donc une institution.

Quelques jeunes désœuvrés, qui enviaient le
sort de cet homme, qui savaient ses bonnes for-
tunes, les immunités dont il jouissait, la terreur
qu'il inspirait à quelques-uns, et l'admiration
qu'avaient pour lui quelques autres, se dirent
qu'après tout, ce gazetier n'avait jamais pâli
dans l'étude ; il avait des dons naturels, sans
doute, mais eux n'en étaient pas dépourvus non
plus : d'ailleurs, ne doit-on pas bannir cette
crainte qu'on éprouve à parler au peuple du
haut d'une tribune ? Ils prirent donc une plume,
ils la taillèrent, parlèrent à leur tour de ceci et
de cela, recueillirent les mille échos de la rue,
racontèrent à la France altérée ce qu'ils avaient
fait la veille, et s'étudièrent à jeter des pierres
dans les jardins des autres. Ce fut tout une

école ; on appela les hommes de génie « *raseurs,* » et les savants modestes « *idiots!* » Et le public, ce grand corrompu, au lieu de proscrire à jamais *Gazetin*, devint son client fidèle.

Si un de ces doux colosses se fût retourné et l'eût, d'une chiquenaude, renversé sur le sol, peut-être eût-il écrasé dans l'œuf la race des Gazetin : mais l'irrévérence resta impunie. Les petits *Gazetin* prospérèrent, et ainsi se forma la tribu des « *Littérateurs sans littérature.* »

INTIMITÉS

Veux-tu connaître une âme humaine comme
on connaît les détours d'un jardin familier,
en savoir chaque pensée, chaque émotion; pénétrer à toute heure dans ses intimités, soulever
tous ses voiles, cueillir une fleur brillante, savourer un fruit mûr, voir germer et se dévelop-
per les sentiments les plus secrets, là où les
indifférents ne sauraient voir que le calme profond de la surface et la nature inféconde ? —
Écoute, observe, épie : fais-toi l'ombre discrète
d'une femme : dénoue toi-même les rubans

de ce masque riant que toute créature pose
sur son front pour le cacher.

Tu te diras d'abord que dans toute femme il
y a deux êtres, celui qui apparaît aux yeux et
se prête au jugement du monde, l'autre qui ne
se révèle qu'à celui qu'il en croit digne. Cher-
che-le cet être et force-le à se trahir.

Sans doute il est des femmes naïves et douces
qu'on sait par cœur au premier mot et qui se
livrent sans défense, parce que tout en elles est
sincère, qu'étant irréprochables elles sont restées humbles, et que n'ayant jamais été ni
déçues, ni froissées, elles sont restées sans dé-
fiance : mais il en est d'autres que le monde
tient pour orgueilleuses et vaines, par cela seul
qu'elles savent la vie, qu'elles se comparent et
qu'elles méprisent.

Celles-là vivent le cœur sur les lèvres en face
des cruautés, des injustices, des erreurs de
bonne foi, des faux jugements et des calomnies

naïves. — Prends garde, ces orgueilleuses gardent souvent au dedans d'elle-mêmes le trésor mystérieux de leur pensée intime et peuvent donner le bonheur à qui sait le mériter.

Un mot, un geste, une allusion, une imperceptible émotion vont te révéler l'âme tout entière; un éclair inattendu projettera sa rapide et soudaine lueur dans ces ténèbres pour t'en illuminer d'un coup les cavités mystérieuses. Tu reculeras comme frappé d'un trait en voyant apparaître pour la première fois la femme vraie, émue, sincère; elle se cachait sous la froide statue qui composait son visage, son geste et sa parole. Imagine, dans une mine inconnue, caverne ténébreuse et muette, une soudaine lueur qui fait scintiller les paillettes d'or, brillantes étoiles qui ornent la voûte.

Désormais, cherche doucement, sûrement, le chemin du cœur, aplanis la route sans effort, engage la lutte sans profonde stratégie; n'aie d'autre auxiliaire que la sincérité du cœur pour appeler ce cœur à toi : sois vrai toi-même si tu veux trouver la vérité, bannis toute ruse et redeviens simple comme un enfant,

Tu as saisi le moment où ce nuage a passé sur ce front, tu as vu passer le trait qui l'a blessé, tu sais quel mot, quel souvenir, quelle allusion ou quelle pensée a froissé les pudeurs intimes de cette âme ; tu peux faire apparaître à la surface de cette poitrine blanche qui garde ses secrets, la goutte de sang qui va la colorer.

Sous cette froideur savante et ce silence éloquent, cherche la passion maîtresse, provoque la confidence, inspire la douce sympathie et la confiance ; tu vas voir la douleur et la peine, les soucis et les regrets, les mélancolies et les désirs refoulés, s'épancher comme d'une source féconde. — Ranime, réconforte et conseille.

Dis à la femme isolée dans cette foule qui

bruit et s'agite, qui n'est trop souvent qu'un désert d'hommes où les âmes sœurs se font, sans se rencontrer, des signaux de détresse : qu'il y a pour tous ici-bas, dans les catastrophes du cœur et les naufrages de la vie, un refuge admirable, un port propice et sûr, à l'abri de tous les écueils et de toutes les tempêtes. C'est la conscience humaine, juge suprême de tous les sentiments comme de toutes les actions, sanctuaire inviolable où on trouve la paix, même quand tout n'est plus que ruines au dedans de nous-même.

Chez la jeune fille, tu peux parfois croire à ce que tu vois, mais chez la femme cherche ce qui est. Aie toujours présent à la pensée que telle dont la vie est un long supplice et qui cache des douleurs sans fin, apparaît souriante sous les diamants et les fleurs; au bruit de l'orchestre, aux mesures de la foule, suis-la donc par la pensée jusqu'au seuil de sa chambre à coucher,

12

alors qu'elle tire ses verrous. Vois, elle jette un regard sans chaleur à son miroir ; elle ôte son sourire et ses bracelets, l'éclat de ses yeux et les fleurs de sa coiffure, la femme intime dépouille son costume et oublie son rôle, la pièce est finie, le drame commence !

C'est ainsi que le monde juge le monde. Toutes ici-bas n'ont pas le bonheur ineffable d'avoir donné leur main à l'être de leur choix et, heureuses épouses et mères heureuses, de voir s'écouler leur vie près du berceau d'un être aimé.

Si tu veux savoir quelque chose de la femme, être multiple, léger, sincère et trompeur, aimant et perfide, doux et cruel, frivole et profond : songe que dans cette difficile étude il faut refaire l'entendement humain. — Le doute ici est le commencement de la sagesse ; entends d'abord le jugement du monde, mais pour le juger à ton tour et faire casser son arrêt.

C'est le beau privilége de celui qui observe et qui compare, de redresser l'erreur et de saisir la vérité ; ces voyages à la découverte sur l'océan du monde parisien, traversé plus que tout autre par des courants contraires, ont leurs surprises et leurs déceptions, mais ils ont aussi leur ivresse.

Chez la femme l'âme a sa pudeur et ne se livre jamais sans combat.

TA FIANCÉE

Cherche et choisis lentement ta fiancée, mais garde-toi d'une mésalliance : il y a celle des mœurs et du rang et celle de l'esprit, plus terrible encore et plus cruelle. Les femmes sont souples sans doute, elles ont pour elles l'intuition et la seconde vue, mais on n'improvise pas les qualités qu'il te faut trouver réunies dans celle qui sera ta femme. Vous êtes des êtres préoccupés, absorbés, envahis, dominés par une pensée impérieuse qui s'empare de vous tout entier et vous absorbe ; vous suivez sans relâche dans le ciel de vos rêves un nuage blanc qui change constamment de forme et finit par s'évaporer; il vous faut chaque jour une chimère nouvelle à caresser.

Vous êtes d'une race orgueilleuse, vous autres poëtes, et vous avez toutes les vanités; il faut que tous ceux qui vous entourent voient votre auréole et vous admirent en vous aimant; un cœur simple ne vous suffit point; vous vibrez à tous les vents; vous êtes nerveux, inquiets, irritables; vous souriez à la nature ou vous maudissez son calme implacable, et vous vivez en égoïste avec votre pensée.

Une mésalliance! Quel exil et quel dur esclavage : se voir rivé à un être doux et charmant, évangélique et pur qui ne verrait que ténèbres là où tu verrais des rayons, qui ne comprendrait ni tes fièvres, ni tes ardeurs, ni tes extases, ni tes tristesses profondes et tes ivresses lumineuses!

Peut-être soupçonnerait-il quelque aspiration vague, quelque secrète pensée longuement caressée, un but idéal et grandiose ; mais comment pourrait-il se douter du sentiment qui te courbe frémissant au pied d'un marbre et te fait écouter, la tête nue et la poitrine haletante, un vers inspiré qui chante dans ta mémoire ?

Cet être aimant et doucement résigné t'apporterait peut-être un bonheur égal, sans exaltation ; il croirait avoir rempli ton cœur, et sans y prendre garde il te ramènerait durement sur la terre quand tu aurais la tête dans les nuages. Les orages et les souffrances des sphères élevées ne peuvent être appréciés que par les nobles esprits qui les habitent.

On vous a trop dit que les femmes doivent jouir de vous comme on jouit d'un feu d'artifice et d'un ballet, d'un peu loin : si elles approchent, elles voient la charpente noircie, les ouvriers sordides qui courent d'une pièce à l'autre une torche à la main; elles touchent les paillettes, elles surprennent les machinistes brutaux et les décors éraillés. Adieu les illusions brillantes : la danseuse est bossue, mal jambée; le prince a la voix rauque et sue sous son fard. Détrompe-toi. Il y a, même pour vous artistes, un bonheur conjugal qui ne vit pas de qualités brillantes, mais qui se fonde sur la vertu et l'amitié, sur l'estime et la douce confiance.

Non, vous n'êtes point maudits : le ciel, en vous marquant au front, ne vous a pas condamnés à vivre seuls et tristes, à n'avoir jamais auprès de vous un cœur pour vous comprendre, une main pour vous soutenir, un compagnon de route qui vous aide à marcher jusqu'au bout du voyage, sans désespérance et sans fatigue, sans tristesse et sans découragement.

Il y a quelque part une femme qui t'attend et qui va t'aimer, cherche-la avec confiance.

Dans chaque jeune fille, il y a deux femmes :
l'une guindée et habile à maîtriser ses élans et
ses sympathies, froide et réservée, à l'attitude
sévère et embarrassée, comme l'ont faite le
monde et ses lois; l'autre tout intime et charmante, pleine d'expansion, prête à vibrer au
moindre vent qui l'agite, dont le cœur se gon-
fle au premier mot d'amour. Le moment est
venu : elle s'éprend d'une fleur ou d'un chant
d'oiseau, d'une harmonie ou d'un paysage.
Quand on fait goûter la vie à ce cœur de vingt
ans, il s'ouvre et fleurit tout d'un coup. Dès
qu'elle aura mis sa main dans la tienne, la
jeune fille se fera femme; elle était timide, elle
devient vaillante et forte; elle ignorait que la
vie eût des combats, elle est tout armée pour
la lutte.

Désormais il y a près de toi un être qui va
vivre de ta vie, s'exalter de ta joie, saigner de
tes douleurs; veillant à ton chevet, il en écartera

les songes fiévreux ; ton foyer ne sera plus vide, ton âme ne sera plus triste, ta pensée sera plus saine et plus robuste et tes chants s'élèveront plus larges et plus purs ; toi qui chantais dans la fièvre et qu'agitait le délire, tu vas célébrer la vie qui fermente et circule en tes veines comme un vin généreux et fort.

Si tu veux goûter encore des plaisirs âcres et énervants, arrête-toi, ne lis plus, tu es damné. Cours où ton inquiet désir t'appelle ; mais si tout à coup dans ton cœur s'est fait un vide immense, si ta pensée un jour ne l'a plus rempli tout entier, si tu t'es senti envahi par une tristesse vague et sans cause à la vue des jeunes époux qui passaient au milieu de la foule sans la voir et sans l'entendre, si des enfants aux yeux profonds et songeurs ont longtemps arrêté tes regards, crois-moi, poursuis encore.

J'écris sans agitation et sans fièvre, dans la plénitude de ma raison ; mais peu à peu le cœur bat plus vite, la main se presse, la moite sueur perle sur mon front, une exaltation légère mais impérieuse et dominatrice me transporte dans le monde des rêves et je vois, parmi la foule des blanches fiancées que des époux jeunes et forts mènent à l'autel, s'avancer celle qui t'attend.

Ce n'est pas une beauté triomphante et qui sonne la victoire, un précieux trésor qu'il faut cacher à tous les yeux et protéger contre tous les désirs ; sa beauté est faite de douceur, de charme et de simplicité, c'est la beauté bonne. Un mot, une attitude, une pensée simplement exprimée te la révéleront sans peine et comme par hasard, tu la reconnaîtras entre toutes à quelque chose de doux, de charmant et de *déjà vu*, un sentiment nouveau va s'éveiller en toi.

Tu éviteras sans peine les longs détours, les présentations officielles et les cours guindées,

elle aura senti la sincérité de ton regard et sans
que tu aies jamais parlé tu ne pourras point
douter qu'elle soit à toi tout entière. Un soir
d'hiver, isolés au milieu de la foule, déjà sous
l'empire de ce sentiment intime et tendre qui
n'est pas l'amour, mais qui vaut mieux encore,
tu lui tendras la main et lui demanderas la
permission de l'aimer toute ta vie.

La réserve dans laquelle vivent les jeunes
filles du monde donne une force dangereuse
aux explosions de leurs sentiments, elle ne
rencontrera pas en toi un amant passionné.
Tu n'auras pas sans doute l'ardent amour qui
vous envahit et vous agite, une fièvre amoureuse qui creuse les yeux et sillonne la face,
non, tu l'aimeras de tout ton cœur, avec calme
et sincérité, tu sentiras ton bonheur et en me-
sureras toute l'étendue, tu savoureras une
ivresse douce, égale, toujours semblable à elle-
même, et pour la première fois de ta vie tu

comprendras les joies de l'habitude et atten-
dras avec une légère impatience le retour prévu
d'une émotion sans secousse dont tu feras
chaque jour ton espoir sans cesse renaissant.
Tu lui auras voué un sentiment nouveau pour
toi qui sera fait de tendresse, de confiance et
d'amitié.

On vous mariera au printemps, loin de Paris, dans quelque village où se sera écoulée son
enfance, sans fracas et sans bruit, sans pompe
et sans vertige, vous ne passerez pas entre deux
haies d'indifférents qui parleront des dentelles
de sa jupe et épieront sa pâleur, c'est toi seul
qui dans tes profondeurs intimes chanteras
l'épithalame.

Alors à toi de parfumer ce cœur qui va goûter la vie, à toi de le tremper dans la paix et la
fraîcheur des cieux ; dis-lui toutes tes poésies,
montre-lui toutes tes ivresses, mets à nu toutes
tes extases, éblouis-la en lui montrant toutes

13

les richesses de ton âme et de ton imagination, ouvre comme un trésor ton cœur tout plein de son image, qu'elle se sente en face de quelque chose de puissant et bon, d'intelligent et de fort, à toi de la conquérir à jamais. Tu es encore le poëte, tu n'as souillé aux orgies du monde que l'enveloppe terrestre, et tu gardes toujours une âme loyale dans un cœur sans détour.

Elle n'aura pas la vertu farouche et l'austérité des matrones, et saura rendre attrayant son vertueux foyer; toujours aimable parce qu'elle aura à tâche de plaire, elle charmera sans qu'on le désire, elle attirera les cœurs sans les subjuguer ni les troubler; on jalousera ton sort, on l'enviera sans aspirer à celle qui a su construire sûrement l'édifice de ton bonheur.

Sans pouvoir te suivre dans les ardeurs de ta pensée, elle soupçonnera des luttes muettes et des combats silencieux, elle comprendra la tyrannie des idées, l'emportement du travail,

les douloureux enfantements de la conception
et te laissera faire deux parts de ta vie.

Elle saura respecter tes tristesses et ton silence, tes rêveries et tes expansions. Parfois
quand, poussé par je ne sais quel besoin impé-
rieux, tu développeras devant ses yeux éblouis
tes projets et tes conceptions, tu remueras des
idées, trouvant sans t'en douter de nouveaux
horizons qu'une pensée nouvelle te révélera,
elle te suivra avec effort dans ce monde des
rêves et, touchée par une espèce de grâce inté-
rieure, elle s'élèvera jusqu'à toi par la force de
l'amour et le miracle de la foi.

Tu ne la verras apparaître qu'au moment où
ton cœur allait la désirer, elle gardera toujours
à tes yeux un certain idéal, qui est le surnatu-
rel de la femme même dans l'intimité de la
maison conjugale, prête à t'offrir l'amie dans
l'épouse ou la maîtresse dans l'amie, selon le
secret désir de ton cœur.

Tu n'as point à jamais banni de ta vie et de ta pensée la fantaisie et l'imprévu, tu aimes ce qui brille et ce qui chatoie, ce qui sourit et ce qui chante, il te faut des fleurs pour charmer tes yeux, des couleurs claires et gaies pour maintenir ton esprit dans un équilibre sain et joyeux. Comme une fée dont on éprouve toujours les bienfaits et dont on ne fait que soupçonner la trace, elle disposera à souhait, pour le plaisir de tes yeux, les fleurs que tu aimes.

Par une lente étude, qu'elle suivra dans le silence, tu la verras bientôt monter jusqu'à toi; elle vivra secrètement dans l'intimité de ceux que tu aimes: on la verra chercher pour émouvoir ton cœur et charmer tes oreilles quelque vieil air de Stradella ou du doux Cimarose, et vos esprits et vos âmes se mettront peu à peu à l'unisson ; vous n'aurez plus qu'un cœur à deux, vos joies deviendront les mêmes et vous

serez surpris un jour de ressentir les mêmes en-
thousiasmes.

Elle n'offensera jamais tes yeux par des
fautes d'harmonie et de naïves dépravations de
goût, elle verra ton auréole, jouira de tes vanités, comprendra tes rêveries, souffrira de tes
blessures. Cet être simple et bon, qui n'avait
en partage que l'ignorance et l'amour, se verra
peu à peu élevé jusqu'à toi, parce que toutes
les forces vives de son être se seront concentrées
pour te saisir et te comprendre.

Dans la plénitude de ta force, armé pour le
malheur, ayant trouvé, malgré les coups du
sort auxquels personne ici-bas ne peut se sous-
traire, l'équilibre parfait et le calme constant,
inaltérable, indestructible d'une conscience
calme et forte, renouvelé peut-être, et puisant
une vie nouvelle dans celle d'un enfant qui
aura resserré encore les liens si étroits qui vous
unissent, vous descendrez ainsi la route de la

vie, la main dans la main, prêts à épuiser toutes les amertumes ou à savourer toutes les joies. Rien ne pourra vous abattre, vous offrirez vos douleurs à quelque chose de grand, d'immuable et d'éternel qui étend sur le monde son rayonnement immense.

Hier encore tu étais le soutien et l'appui, tu étais la vie et la force, la lumière et la puissance; à son tour elle soutiendra tes pas chancelants, elle endormira tes douleurs et calmera tes inquiétudes.

La vieillesse est venue : autour de vous se sont groupés ceux qui sont votre joie et dans lesquels vous vous sentez revivre, vous feuilletez le livre de votre existence sans trouver une page à déchirer, vous parcourez, penchés l'un sur l'autre, le doux poëme d'une vie honnête et laborieuse dont le ciel limpide et pur n'a été troublé que par celui qui dissipe les nuages ou les amoncelle à son gré.

Votre tête se penche, vos cheveux blanchissent, votre main tremble, vous assistez au déclin de votre propre vie, comme au spectacle de la chute du jour, jouissant des derniers rayons du soleil qui dorent de leurs reflets ces derniers jours qui vous restent à vivre. Toujours prêts à partir, car vous savez depuis longtemps que la mort est la seule fin sur laquelle l'homme puisse compter sans déception, vous regardez d'un œil tranquille cet être immobile qui regarde mourir.

Les bienfaits que vous avez semés le long de votre route vous font un immortel cortége, l'aube des beaux jours vient encore de son reflet lointain éclairer ces suprêmes instants qui n'ont jamais d'amertume pour ceux qui les envisagent depuis longtemps.

Vos yeux se ferment enfin, la force vou-abandonne, la voix s'éteint, et elle est là tous jours, comme autrefois, douce et résignée, fidèle jusqu'au delà de la tombe, elle tend à vos lèvres altérées le dernier breuvage et sa main pieuse va clore vos paupières. Ce n'est pas la mort qui vous arrache violemment et vient couper dans sa séve un arbre qui promettait un frais ombrage, c'est la vie qui s'épuise, mais qui recommence et va pousser ses bourgeons nouveaux et pleins de force dans ce rejeton qui vous donne son premier sourire et sa première larme, c'est le déclin et l'éternel repos. « Rien ne trouble ta fin, c'est le soir d'un beau jour. »

La Vénus Cosmopolite.

LA VÉNUS COSMOPOLITE

Sa nationalité véritable reste un peu confuse; mais cette nationalité n'est, du reste, qu'un accident.

Elle est Italienne, Hongroise, Russe, Viennoise, Polonaise, Parisienne et Grecque, — il y a même des jours où elle est Cosaque.

C'est la « Vénus cosmopolite » qui tient son salon sur la grande route et passe le dixième de sa vie en wagon et sur les steamers. Le Danube a la nostalgie quand elle ne navigue pas deux fois par an, et le Rhin, père des fleuves, ne peut

13.

plus se passer d'elle ; elle appelle « mon cher »
tous les chefs de gare de la chrétienté. Les crou-
piers s'endorment sur leurs râteaux quand elle
n'est pas là : Vénus a son petit banc à Hom-
bourg, son coussin à Monaco, sa table à la
Restauration, et sa loge aux Italiens : elle tutoie Isabelle et a un compte ouvert à son éven-
taire. C'est une femme à appeler le chef d'orchestre après l'exécution d'une marche et à lui
donner son bouquet devant toute l'Allemagne.

La Vénus parle toutes les langues avec leur
accent génial, adopte, au besoin, toutes les
mœurs, mais trouve plus commode d'imposer
les siennes, et sait porter tous les costumes. On
la voit à Paris aux courses de printemps, en
été à Kissingen, en automne à Nice, en hiver à
Florence, aux Tuileries et à Rome ; et partout
elle est chez elle. Elle a le secret, grâce à mille
menus objets qu'elle porte en tous lieux, et à
des suppléments de bagage, de donner en un

tour de main une physionomie et un cachet
d'élégance personnelle à la première auberge
venue. Elle vient de débarquer ? soyez sûr qu'à
quatre heures le Somovar chauffera pour les
étrangers de tous pays qu'elle rallie et retrouve
aux quatre points cardinaux.

On a remarqué qu'elle n'écrit jamais, mais
elle correspond avec toute l'Europe à coups de
télégrammes.

Connaissant tout ce qui s'appelle le monde,
elle ignore l'existence de tout ce qui n'en est
pas et touche « du pied à tous les ducs, du front
à tous les rois. » Ce n'est ni la plus belle, ni·la
plus riche, et pourtant elle a *l'autorité* ; elle est
de race, elle dispense la notoriété. Les moins
naïfs montent sur les banquettes pour la voir
faire son entrée, un murmure de curiosité l'accueille, et elle nage dans l'élément du monde
avec une liberté d'allures qui fait le désespoir
des bourgeoises à prétention.

Si vous lui parlez dans l'intimité, si elle vous
a désigné du doigt une chaise à côté d'elle à la
Conversation, et si elle vous prie de l'accompa-
gner à cheval, le matin, à Géroldsau ; vous
êtes sûr d'être bien accueilli ailleurs, et vous
voilà *posé*. Il y a des hommes un peu *inexpli-
qués* qui se soutiennent par cela seul qu'on les
a vus parfois lui donner le bras, et ceux-là met-
traient volontiers sur leurs cartes de visites :
« Ami de la *Vénus cosmopolite*, » comme on
met « secrétaire d'ambassade » ou « ministre
résident. »

Si loin de Paris qu'elle soit, au Nord ou au
Midi, sa robe est de la meilleure faiseuse et
son chapeau du dernier nouveau ; ses corsages
viennent par les courriers d'ambassade, et il n'y
a pas d'exemple que la douane ouvre ses caisses.

Est-elle belle ? Non, elle a grand air, elle est
étrange, dédaigneuse et bonne fille, fière et facile, provocante et réservée. Elle ne pose pas,

elle a une manière d'être; ses gestes sont à elle, ses inflexions de voix lui appartiennent, ses mœurs lui sont spéciales, elle s'est créé une morale à son usage particulier, et un accent original composé des accents des neuf idiomes qu'elle écrit et qu'elle parle.

Ce mot banal et sitôt dit, elle est *distinguée*, ne saurait s'appliquer à ce grand type; la Vénus est *Elle*. C'est assez et on ne la copie pas. La *comtesse Ismaïl*, à la vouloir imiter, a perdu le peu d'originalité qu'elle avait.

Une telle créature, avec l'auréole que lui mettent au front la richesse et la naissance, étonne les naïfs, excite les blasés et passionne les chercheurs de types. A vrai dire, pour beaucoup d'hommes, ceux qui aiment la grâce et la faiblesse, ce n'est pas une femme, c'est un chevalier garde; mais cependant elle a une séduction à elle, et je la souhaite à un observateur, jeune, un peu curieux, qui voudrait apprendre le monde et étudier sur nature l'Almanach de Gotha.

Ce n'est pas une de ces femmes dont on entreprend la conquête; elle vous *distingue* et elle le fait savoir, à la clarté du soleil. C'est comme une reine, qui a le droit d'interroger ses sujets, et qu'on n'interroge pas.

Aucun écart, aucune fantaisie, aucune fréquentation et nulle extravagance ne la peuvent amoindrir. Comme un prince des artistes qui a le droit de voir tous les mondes, d'étudier tous les types, d'éprouver toutes les sensations pour en noter la formule; il semble qu'elle ait le droit de descendre dans tous les précipices et qu'elle n'ait qu'à étendre la main pour en sortir.

Cette Vénus a essayé de toute chose, de la musique, de la religion, des poëtes, du spiritisme, des pianistes, du panslavisme et du Benting : elle en est aux lieux saints et à l'extinction du paupérisme. La seule chose qui ne l'ait point lassée, c'est le monde, ce sont ses agitations, son bruit, sa fièvre, sa curiosité. C'est le triomphe de la mondanéité cette autorité et cette force, cette science accomplie du paraître, des choses extérieures, du geste, du costume et de la tenue !

C'est pour le monde que son désir ne s'épuise jamais, c'est pour le servir qu'elle trouve toujours de nouvelles forces. Il semble qu'une raison suprême, la raison d'État des femmes, lui fasse un devoir de paraître et lui en donne la possibilité et l'incessant désir. Il lui faut le bruit, il lui faut l'éclat, il lui faut le bourdonnement et le murmure, les accords des orchestres, la chaude atmosphère des salles ; elle vit du gaz et elle se repose dans le bruit, comme d'autres se vivifient par l'air pur et se renouvellent dans le calme.

Tous les triomphes de vanité, elle les a eus. Les rois l'ont aimée, elle a trompé des princes et caché des artistes dans son boudoir ; elle a tout vu, tout éprouvé, tout sondé, sans que rien ait pu l'étonner et qu'elle ait pu se fixer jamais.

Et cependant!... Il y a un point noir dans sa vie. — Son cœur n'a jamais battu.

On lui parlait un jour d'une fille parisienne qui va aux courses en Daumont et passe des heures au coin d'une ruelle ignoble, à attendre la sortie d'un bateleur du Cirque : la « Vénus cosmopolite » a dit tout haut qu'elle donnerait sa couronne fermée pour un quart d'heure de cette fièvre-là.

Son œil s'allume en voyant deux amoureux penchés l'un sur l'autre, causer à voix basse dans une allée du bois, et celle, qui ne connaît pas les mélancolies et les vagues désirs, tombe dans une rêverie profonde, en lisant dans les faits divers qu'une blanchisseuse enamourée s'est asphyxiée avec un boisseau de charbon.

FIN

TABLE DES MATIÈRES

———

FIN DE LA TABLE.

Imprimerie L. TOINON et Cie, à Saint-Germain

ROMANS

COLLECTION J. HETZEL ET A. LACROIX

Beaux volumes in-18 brochés, à 3 fr. — Cartonnés, à 3 fr. 50

Librairie Internationale, 15, Boulevard Montmartre, à Paris.

Imprimerie L. TOINON et Cᵉ, à Saint-Germain.